绝望

DESPAIR　Vladimir Nabokov

弗拉基米尔·纳博科夫

朱世达——译

上海译文出版社

Vladimir Nabokov
DESPAIR

图字：09－2005－111号

图书在版编目（CIP）数据

绝望／（美）弗拉基米尔·纳博科夫
(Vladimir Nabokov) 著；朱世达译.—上海：上海译文
出版社，2020.7
　　（纳博科夫精选集．Ⅱ）
　　书名原文：Despair
　　ISBN 978－7－5327－8498－1

　　Ⅰ. ①绝… Ⅱ. ①弗… ②朱… Ⅲ. ①长篇小说－美
国－现代 Ⅳ. ①I712.45

中国版本图书馆CIP数据核字 (2020) 第105212号

绝望	Vladimir Nabokov	出版统筹 赵武平
Despair	弗拉基米尔·纳博科夫 著	责任编辑 邹　滢
	朱世达 译	装帧设计 山　川

上海译文出版社有限公司出版、发行
网址：www.yiwen.com.cn
200001 上海福建中路193号
江阴金马印刷有限公司印刷

开本787×1092　1/32　印张8　插页5　字数137,000
2020年8月第1版　2020年8月第1次印刷

ISBN 978－7－5327－8498－1/I·5228
定价：53.00 元

献给薇拉

前言

　　俄文版《绝望》（*Otchayanie*[1]——一声要响亮得多的吼叫）一九三二年写于柏林，一九三四年在巴黎的移民杂志《现代纪事》连载，一九三六年由柏林的移民出版社彼得罗波利斯出版。正如我的其他作品一样，*Otchayanie*（尽管赫尔曼猜想过）在俄国被禁止出版。

　　一九三六年底，那时我还住在柏林——在那儿，另一种野性开始传布——我为一家伦敦出版社翻译了 *Otchayanie*。虽然在我整个文学生涯中，我总是在我所谓的俄语作品的页边草草地写上英语，但这是我初次严肃地尝试为了一个姑且可以被称为艺术的目的而使用英语（如果不算一九二〇年前后在剑桥大学的评论杂志上发表的一首糟糕的诗）。在我看来，其结果是文体上的粗陋而臃肿，于是我通过柏林的一家代理公司请一位脾气很坏的英国人审读一遍原稿；他在第一章发现了一些文理不通的地方，然后拒绝再读下去，他不喜欢这本书；我怀疑他也许感到这可能不是一篇真正的忏悔。

1　用拉丁字母转写的俄文。

一九三七年，伦敦的约翰·朗出版社出版了《绝望》的简装版，书后登载有他们出版作品的 catalogue raisonné[1]。尽管有这一额外优惠，该书销售得还是很糟，几年后一颗德国炸弹将所有的剩书付之一炬。就我所知，最后剩下的惟一一本书就是我所有的那一本——也许从伯恩茅斯到特威德茅斯海边寄宿宿舍的阴暗书架上被遗弃的读物中还有两三本。

现在这一版本中，我不只是对三十年之久的译文做了修改：我重写了 Otchayanie 本身。幸运的研究者如有可能对三个版本作一比较，将会发现增加了一段很重要的文字，这段文字在人们较为胆怯的时代被愚蠢地删去。在一个学者看来，这公平吗，这聪慧吗？我很容易会想象普希金会对因为篡改他思想而不安的人说些什么；但我也知道，如果我能在一九三五年预先读到这一九六五年的版本的话，会多么高兴和兴奋。一个年轻作家对他日后会成为的老作家的狂热之爱，是一种最值得称颂的勃勃雄心。这种爱没得到著述颇丰的老人的回应，因为即使他确实不无遗憾地回想起那是年轻人单纯的爱好和天真的性情所致，他对于青春年少时的笨拙练习并不多加思考，而只是耸一耸肩而已。

《绝望》和我的其他作品一样，不含有对社会的评价，不

---

1 法文，详细目录。

公然提出什么思想含意。它不提升人的精神品质，也不给人类指出一条正当的出路。它比艳丽、庸俗的小说含有少得多的"思想"，那些小说一会儿被大吹大擂，一会儿又被哄赶下台。热情很高的弗洛伊德学说的信奉者会认为他从我的搁置已久的文稿中发现了形状新奇的东西或者维也纳炸小牛肉片式的梦，然而如果仔细看一看和想一想，原来只不过是我的经纪人制造的一个嘲弄人的幻景。让我再补充一句，以防万一，研究文学"流派"的专家们这次应该聪明地避免随意给我加上"德国印象派影响"：我不懂德文，从没有读过印象派作家的作品——不管他们是谁。另一方面，我懂法文，如果有人把我的赫尔曼称为"存在主义之父"，我将会兴趣盎然。

与我的另外几本关于移民的小说相比，此书的白俄色彩比较少一些[1]；因此，对于在三十年代左倾宣传的环境中长大的读者来说，这本书便较少地令人困惑和烦恼了。另一方面，思想简单的读者会喜欢它的简单的结构和有趣的情节——不过，这情节却不是如第十一章中那封粗鲁的信的写信人所想象的那么为人们所熟悉。

此书中有许多令人愉悦的对话，菲利克斯最后在冬日森林

---

[1] 这并没有阻止一位共产党评论家（让-保罗·萨特）在一九三九年为法文版《绝望》写了一篇十分愚蠢的文章，说："作者和主人公都是战争和移民的牺牲品。"——原注

中的那个场景当然是很好玩的。

不可避免地，有人试图在我一部比《绝望》晚许多年写的小说里找到我从《绝望》中提炼出来注入故事叙述者言语中的那种毒素；对于读者这种努力，当时我无法预见，也无法阻止。如果说赫尔曼和亨伯特[1]相像的话，那只是说同一个艺术家在不同时期画的两条恶龙相像而已。两人都是神经官能有问题的恶棍，但在天堂里有一条绿色通道，亨伯特得以每年一次在薄暮时分在那儿漫步；但地狱永远不会假释赫尔曼。

第四章赫尔曼含糊地咕哝的诗句摘自普希金十九世纪三十年代写给他妻子的一首短诗。我在这儿将全诗抄录，是我自己翻译的，保留原诗的韵律，这种做法在大多数情况下是不可取的——不，是不能容许的——除非是在诗的天空中一个非常特别的群星汇聚的情况下，如同这里所遇到的情形。

是时候了，亲爱的，是时候了。心灵要求休憩。

时光日复一日地飞逝，每一小时

都带走生命的一部分；你和我

想要一起安居……可你看！死亡已临近。

世界上并无幸福，但有宁静和自由。

1　Humbert，作者小说《洛丽塔》中的男主人公。

我早已渴望了解那令人羡慕的命运：

我这困顿的奴隶，一直想着逃亡

逃到一个迢远的居所，那儿有工作和纯粹的快乐。

疯狂的赫尔曼最后逃亡的"迢远的处所"位于鲁西永，那地方很省钱。在他之前三年，我在那儿开始写我的关于象棋的小说《防守》。我们让他在那儿可笑地遭受惨败，不去说他了。我不记得他最后是怎样的结局。毕竟，在此期间，我写了十五部其他的书，三十年过去了。我甚至不记得他提议导演的那部电影是否真由他拍摄了。

弗拉基米尔·纳博科夫

一九六五年三月一日　蒙特勒

一

　　倘若我对我的写作能力和用最优雅与生动的语言来表述思想的令人称羡的才能并不非常有把握的话……当我开始琢磨写我的故事时，大致上就想这么开头。然后，我应该让读者明白，倘若我果真缺乏那种写作能力，那种才能什么的，我早就不会去描写最近发生的那些事儿，而且压根儿就不会有什么可描写的东西，因此，有教养的读者啊，压根儿就不会有什么事儿发生了。也许这有些愚蠢，但至少是明确的。深入洞察人生策略的天赋，那种与生俱来的始终追求创造的脾性使我有能力……在这时，我就应该将违法者——法律总是在一小点儿泼洒的血迹上大做文章——和一位诗人或者戏剧演员做一下比较。但正如我的一位左撇子朋友经常说的：哲理性的臆测只是有钱人的创造而已。去它的吧。

　　这瞧起来似乎我并不知道怎么开头。真是一幅滑稽的情景，这年纪有点儿大的有教养的人，蹒蹒跚跚奔过去，下巴上的囊肉在颤动，正鼓足劲儿往末班车赶，他倒是赶上了这末班车，但怕在车启动时上车，无奈地一笑，往后退一步，放弃了，继续往下快步走去。我是不是不敢跳上去？这公共汽车，这机动车，这我的故事中的大客车轰鸣着，加快了速度，一刹那间便会无可挽回地在街角消失。这是一个相当宏伟的想象。我仍然在奔跑着。

我父亲是一个从雷瓦尔[1]来的说俄语的德国人，在那儿他上了一所著名的农学院。我母亲是一个血统纯正的俄罗斯人，出身贵族。夏日，她一身慵懒，穿着紫色的丝衣，斜躺在摇椅里，扇着扇子，咀嚼着巧克力，所有的百叶窗都垂放下来，从刚割完草的地里飘来的熏风吹拂着百叶窗，瞧上去就像紫色的风帆。

战时，我作为德国人被拘禁起来……真是倒霉，请想一想我那时刚考进了圣彼得堡大学。从一九一四年年底到一九一九年年中我读了整一千零十八本书……我一直在计算着。在前往德国的路上，我在莫斯科耽搁了三个月，结了婚。从一九二○年以来，我一直住在柏林。一九三○年五月九日，我整三十五岁……

说一点离题的话：那关于我母亲的描述全是谎言。事实上，她是一个普通的女人，朴实而粗俗，穿一件邋邋遢遢的像是连衣裙之类的衣服，从腰间一直拖曳下来。我当然可以将这

1 Reval，爱沙尼亚波罗的海城市，后称塔林。

删掉，但我故意将它留下来了，因为这显示我性格中一个至关重要的一面：骗人，面不改色，还充满激情。

嗯，正如我告诉你的，一九三〇年五月九日我为了做件买卖来到布拉格。买卖的是巧克力。巧克力可是好东西。有些妞儿就只喜欢吃苦玩意儿……这些爱挑剔的小丫儿。（难道你看不出来我为什么用这样的口气写吗？）

我的手在颤栗，我想呐喊，我想砸东西……这样的心情对于描写一个富有闲情逸致的故事是非常不合适的。我的心狂躁异常，这真是一种可怕的心情。必须冷静下来，必须保持一个清醒的头脑。否则就糟了。沉静下来了。正如人们都知道的，巧克力……（在这里，让读者想象一段关于巧克力制作的描述。）我们在包装纸上印的商标画着一个穿紫色衣服的女人，扇着扇子。我们正在催促一家快要倒闭的外国公司转向生产我们的产品供应捷克斯洛伐克，这就是我来到布拉格的缘由。五月九日上午，我乘坐一辆出租车离开旅馆到……说这些，多无聊。让我烦闷得要死。但要很快切入到最精彩的情节中去，我必须作一些基本的铺垫。让我们来把这先说了吧：这公司的办公室正好在城郊，我没有找到我想找的那家伙。人们告诉我他将在一小时左右回来……

我想我应该告诉读者，这期间有一个很长的间隔。太阳有足够的时间落山，落日的余晖将比利牛斯山上空的云彩染成了一片血红，那山真像富士山。我一直坐着，处于一种奇怪的疲惫状态，时而倾听飞舞的风声，时而在页面的空白处画鼻子，时而迷迷糊糊地打盹儿，最终身子开始颤抖起来。继而我的身上又孕育出一种烦躁的心理，我打起颤来，简直叫人受不了……我的思想空空如也，一片空白……我费了好大的劲儿去开灯，换上新的钢笔尖。那旧的钢笔尖裂开来，弯了，瞧上去就像猛禽的喙似的。不，这些不是创造的痛苦……而是些不同的东西。

嗯，正如我刚才说的，这家伙出去了，一小时以后才会回来。没什么事儿可干，我便去散步了。空气冷冽而清新，天空中散落着斑驳的蔚蓝；远处的风儿沿着逼仄的街道吹拂着；有一片云彩时不时遮掩阳光，太阳躲过了云片重又像魔术师手中的硬币一样出现了。病人在公园里练手摇的健身器，那公园里开满了怒放的紫丁香。我瞧一眼商店的招牌；虽然招牌文字的含意对我来说是陌生的，但我却想找出个我熟稔的具有斯拉夫词根的什么单词来。我戴着一双崭新的黄色手套，漫无目的地往前踽踽而行，双手不断地挥动着。陡然间，房屋没有了，眼前是一大片空地，瞧上去似乎富有农村风味，很吸引人。

走过一排兵营，一个士兵在训练一匹白马，我踩上了松软的黏糊糊的土；蒲公英在凄风中打颤，栅栏下，一只破了的鞋躺在阳光下。远处，一座十分陡峭的山直指苍天。我决定爬这座山。它并不像它的外观那样宏伟。在矮小的山毛榉和枯槁的灌木丛中，一条在山体上开凿出来的弯弯曲曲的有台阶的小道一直往上延伸。我开始还幻想，下一个弯一拐便会显出一幅具有郾野之美的景色来，但这样的景色从来也没有出现过。那样乏然无味的野地根本无法使我满足。光秃秃的地上蔓延着灌木丛，到处撒满了碎纸、破布和压扁的罐头。人没法离开小道的台阶，因为台阶深深地嵌进斜坡；小道的两边，树根和腐烂的苔藓从土墙里向外伸出来，就像死了一个可怕的疯子的房子里腐朽家具破烂的弹簧。当我终于走到山顶时，我发现那儿有几座歪歪扭扭的小窝棚，一条晾晒洗涤衣物的绳子，绳上挂着几条短裤，风将它们吹得鼓鼓的，仿佛有生命。

我将两肘撑在有树瘤的木栏杆上，举目远望，只见布拉格淡淡地笼罩在雾霭之中；微微闪光的屋顶，冒烟的烟囱，我刚走过的兵营，一匹小白马。

我决意走另一条路下山，选择了我在小窝棚后面发现的大路。惟一的美景应该是小山顶上的煤气罐的圆顶：在蓝天的衬托下圆圆的，红殷殷的，瞧上去就像一只巨大的足球。我离开了大路，又开始往上爬，这次是沿着生长着稀疏的野草的山坡爬。这是凄凉而又光秃的荒野。从大路上传来卡车的隆隆声，一辆马车从相反的方向驶过去，然后是一辆自行车，紧接着是一辆清漆公司的货车，货车油漆成粗俗的彩虹色。在这些家伙关于色彩的概念里，绿色总是紧接着红色。

我在斜坡上瞧着大路，待了一会儿；然后转身往前走去，看见在两个光秃秃的土包之间有一条隐隐约约的小道，过了一会儿，我便找一个地方歇一会儿。离我不远处，在荆棘丛下躺着一个男人，脸朝天，盖着一顶帽子。我正要从他身边走过去，但他那奇怪的样儿吸引住了我：一动也不动，张开的双腿没有一点儿生命的迹象，半弯的手臂是僵硬的。他穿着一件深色的外套，一条灯芯绒裤子。

"别胡思乱想了，"我自言自语道，"他睡着了，睡着了。没必要去惊动他。"但不管怎么样，我还是走了过去，用我考究的鞋尖儿将帽子从他的脸上踢了开去。

请吹起喇叭吧！或者敲响那种伴奏令人叹为观止的杂技表演的鼓声吧。令人难以置信！我简直难以相信我看到的一切，我怀疑我是否神经错乱了，我觉得恶心，一阵昏眩——老实告诉你，我不得不坐了下去，两腿在战栗。

要是换了另一个人处在我的位置，看到我所看到的，他也许会哈哈大笑起来。而我却被这可能隐含的神秘性所震撼了。

在我瞧着的当儿，我心中的一切仿佛都垮了，仿佛从十层楼的高处往下猛冲下来。我以无比惊异的神情瞧着。它的完美性，没有原因，也没有目标，使我的心中充满了一种奇异的敬畏之情。

现在，既然我已经写到最重要的部分，并将那好奇之火压了下去，为了这次相遇我琢磨着应该让我叙事的行文和缓下来，安安静静地回顾一下我走过的每一步，想一想那天上午我没能找到公司的那家伙之后，我走上了那条路，爬上了山，在微风吹拂的五月蓝天下，瞧着那煤气罐的红色圆顶时我的心情到底怎么样，我到底是怎么胡思乱想来着。让我们无论如何把那件事了结了。在邂逅之前，再瞧上我一眼吧，戴着一副亮色的手套，没戴帽子，仍然漫无目的地往前闲逛着。我心中到底在想什么？奇怪得很，什么都没想。我心中绝对空空如也，就好像是那半透明的瓶子迟早要装上东西，只是眼下不知道罢了。关于手边事务，关于我最近买的汽车，关于乡野周围这儿那儿的美景的缕缕思绪，只是在我心头浮光掠影般地一晃而过，如果说在我心灵深处广袤的原野上还有回音的话，那仅仅是驱使我往前走的那朦朦胧胧的一种感觉。

一九一九年我在莫斯科就很熟稔的一个聪明的列特人[1]有

1　Lett，居住在拉脱维亚、立陶宛等地的一个民族。

一次对我说，我有时候毫无理由地沉思默想起来，这肯定是我要进疯人院的信号。他当然有些夸张；在过去的一年中，我彻底地测试了我超人的思维简洁和前后连贯的才能，这种才能在我对于逻辑的掌握上表现了出来，我的十分发达但完全正常的心灵对这种逻辑的把握有一种痴迷。本能所引发出来的胡闹、艺术视野、灵感，所有这些伟大的、赋予我生命以美的东西，我想对于一个普通人来说，不管他多么聪明，却意味着轻度疯狂的开始。别发愁；我非常健康，我的身体内外都是清洁的，我走路的步子是轻松的；我既不酗酒也不一支接一支地抽烟，我也不放浪不羁。所以，我身体状态极佳，穿戴讲究，瞧上去相当年轻，在上面描述的乡野中溜达；神秘的灵感并没有蛊惑我。我真发现了那无意中碰到的东西。让我再重复一遍——令人难以置信！我以无比惊异的神情瞧着。它的完美性，没有原因，也没有目标，使我的心中充满了一种奇异的敬畏之情。但也许就在那时，在我瞧着的当儿，我的理智开始审视其完美性，寻觅其原因，琢磨其目标了。

　　他深深地吸了一口气；他的脸上绽放出生命的涟漪——这稍微减轻了些我的惊愕，但我心中仍然怀着那惊异之情。他睁开眼睛，斜瞥了一眼，坐了起来，不断地打呵欠——仿佛永远打不完似的——双手深深地埋在他的棕褐色油光光的头发里挠头皮。

他的年龄跟我差不多，瘦长个儿，邋邋遢遢，下巴上的胡子茬儿足有三天没刮了；在他衬衣领子开口的下方和上方之间露出一溜狭窄的粉肉来（领子软软的，有两个圆洞，这意味着饰针掉了）。他的薄薄的针织领带斜挂在脖子上，衬衣前方没一颗纽扣。在纽扣扣眼上仍然残留着枯萎的业已褪色的紫罗兰；有一朵紫罗兰从纽扣眼里脱了出来，倒头挂在那儿。他身旁躺着一只破旧的背包；背包盖开着，露出一个椒盐卷饼和一根咬过的、残留大部分的香肠来，这一般总是意味着不合时宜的肉欲和粗野的食欲。我坐着，带着一种惊骇审视这个流浪汉；他似乎穿戴着老式化装舞会上小丑那愚笨的衣装。

"我抽上一支烟就好了，"他用捷克话说。他的嗓音出乎意料地低沉，甚至于可以说是沉静的，他将两个手指叉着伸出来，做了一个抽烟的姿势。我将我的大烟盒塞到他跟前；眼睛死盯着他的脸。他将手顶在地上，弓着身往我这边靠近点儿，这当儿，我就趁机瞥了一眼他的耳朵和他凹陷的太阳穴。

"德国种的样儿，"他说，笑了笑——露出了牙床。这使我失望得很，但幸亏那笑容很快就消失了。（到这时，我还很不情愿放弃我那惊愕的心情。）

"你是德国人吗？"他用德语问我，手指捻转着烟卷。我说是，在他鼻子底下打开了打火机。他贪婪地用双手遮盖在颤动的火上。紫黑色的方方的指甲。

"我也是德国人，"他说，吐出一缕青烟，"就是说，我父亲是德国人，但我妈是捷克比尔森[1]人。"

我一直指望他会露出惊讶的神色，也许还会大笑起来，但他始终很木然。这时我意识到他是多么傻。

"睡着了，"他用一种愚蠢的自满自足的口气对自己说，蛮有兴致地吐了一口唾沫。

"失业了？"我问。

他忧愁地连着点了几下头，又吐起唾沫来。我一直纳闷头脑简单的家伙的唾沫怎么会那么多。

"我还能走，但靴子不行了，"他说，瞧一眼他的脚。靴子实在是破烂不堪。

他慢慢地转过身去，趴在地上，一边望着远处的煤气罐和一只从垄沟里飞起的云雀，一边带着沉思的神情说：

"去年我在萨克森[2]有一个很好的活儿，离前线不远。种花。世界上最好的活儿！后来我在一家饼屋干活。每晚下班后，我和朋友经常跨过前线去喝啤酒。去七英里，回七英里。

1　Pilsen，捷克和斯洛伐克西部城市。
2　Saxony，德国一地区。

捷克啤酒比我们的要便宜些，娘儿们也要肥些。我有一阵子拉小提琴，养一只小白鼠。"

现在让我们从侧面来看一眼，只是溜上一眼，无需看得太真切；也请不必太近，先生，否则你将受到极大的震撼。也许你不会。啊，在经过了这一切后，我算是明白了人的眼光有偏爱的一面，有可能犯错误。不管怎么样，情景是这样的：两个男人斜躺在一片衰草之上；一个穿着洒脱，用一只黄手套拍打膝盖；另一个是目光呆滞的流浪汉，全身躺在地上，喋喋不休地抱怨生活。周围沙沙作响的矮荆棘丛。飞驰的云朵。一个刮风的五月天，人有点打冷颤，好比马毛的颤动。从大路传来卡车的隆隆声。在空中回响着云雀纤细的鸣声。

流浪汉陷于沉默；然后又说起话来，只有当他想吐唾沫时，他才停下来。一件又一件事。说个没完没了。悲戚地叹息。俯伏躺着，将双腿弯曲过来，直到小腿肚碰到屁股，然后又将腿伸将开来。

"喂，"我突然信口说，"你真没瞧见什么吗？"

他翻转身来，坐了起来。

"你干吗那么问？"他问，因怀疑而皱起的眉头使他的脸阴沉下来。

我说："你一定是个瞎子。"

我们两人眼睛对视着，足有十秒钟。我缓缓伸出右手，但他的左手并没有像我期望的那样伸出来。我闭上左眼，但他的双眼一直张开着。我伸出舌头给他看。他又一次嘟嘟哝哝地说：

"怎么回事？怎么回事？"

我从口袋里拿出一面小镜子。即使在拿着小镜照时，他也用手指抓着脸，然后瞧一瞧手心，既没有发现血迹，也没有发现鸟屎。在映着蔚蓝天空的镜子里，他瞧着自己。他将镜子还给我，耸了耸肩膀。

"你这个笨蛋，"我嚷了起来，"难道你没有看出来我们俩——难道你没有看出来，你这笨蛋，我们俩——听着——好好瞧瞧我……"

我将他的脑袋歪着往我这儿扭过来，太阳穴碰到了一块儿；在镜子里，两对眼眸在溜转、闪烁。

当他开口说话时，他的语气是谦卑的：

"一个富人永远也不可能和一个穷人相像，但是我敢说，你比我知道得多。我记得有一次在集市上见到一对双胞胎，那是一九二六年八月——还是九月？让我好好想想。不。是八月。那才真像呢。谁也分辨不出谁是谁。如果谁能分辨出哪怕最细小的差别，可得一百马克。'好吧，'弗立兹（我们叫他大胡萝卜）说，在一个双胞胎耳朵上猛击一下，'瞧，'他说，'一个耳朵是红的，另一个的耳朵不红，好歹拿钱来。'我们笑得要死！"

他的眼睛在我鸽灰色的西服上扫了一眼；然后瞥一眼我的袖口；将袖口撩上露出了金表来。

"你能为我找个活儿吗？"他问，抬起头。

请留意：是他，而不是我最先看出我们之间的相像之处；由于我确立了这种相像，我对着他站着——根据他的下意识的估摸——处于一种十分微妙的依赖他人的境地，仿佛我只是一个模仿者，而他却是那标准样儿。自然人们喜欢听人说："他像你，"而不是相反。在请求我帮他忙时，这小混蛋摸着地面，心中正琢磨还可以再要些什么。也许，他糊里糊涂的脑袋正在想我应该感谢他，因为他以他的存在这一简单的事实慷慨地给我提供了跟他相像的机会。我们这样相像让我觉得这几乎是一种奇迹。使他感兴趣的主要只是我想见见相像之处而已。在我看来，他似乎是我的翻版，也就是说，一个在体形上跟我一致的人。正是这种绝对的相像使我不由得打冷颤。他把我看成一个可疑的模仿者。不过，我还是想强调一下，他的这种想法是含糊不清的。他当然不会理解我对他的看法，这个笨蛋。

"恐怕眼下我帮不了你多少忙，"我冷冷地说，"不过，可以留下你的地址。"

我拿出我的笔记本和银杆铅笔。

他苦笑一下："我总不至于说我住在别墅里；能睡在干草棚里总比睡在树林的苔藓上好；能睡在苔藓上总比睡在硬长凳上好。"

"我还是想知道在什么地方可以找到你。"

他想了想，说："这个秋天，我肯定会住在我去年干活的村子里。你可以往那村的邮局寄个便条。那儿离塔尼兹不远。我给你写下来吧。"

原来他叫菲利克斯，"快乐的人"。至于他姓什么，有教养的读者，这不是你们的事了。他蹩脚的书写似乎在每一个拐弯处都发出吱吱的响声。他是左撇子。我该走了。我在帽子里放了十克朗。他不屑坐起来，带着一种谦逊的微笑，伸出手来。我握住了这手，只是因为它给了我一种奇异的感受，就仿佛那喀索斯[1]愚弄复仇女神，请她帮忙把他的美丽影子从水中捞出来似的。

我几乎用奔跑的速度沿原路回去。我往回看，瞧见在矮灌木丛中他那黝黑的瘦长身子。他仰卧着，双腿交叉搁在空中，

1　Narcissus，希腊神话中的美少年，因爱上自己在水中的倒影而憔悴至死，后化为水仙。

胳臂枕在脑袋下面。

我突然感到孱弱不堪，昏眩，困顿得要命，仿佛刚经历了一场漫长的令人厌恶的纵酒放荡之旅。我之所以怀有这种既苦涩而又甜蜜的感受是因为，他似乎在冷冷的不经意之中将我的银杆铅笔装进了口袋。一长溜银杆铅笔列队迈进一条无际的腐败的地道。当我沿着路边走的时候，我时而闭上眼睛，险些掉进了沟里。以后，在办公室里，在讨论商务的过程中，我真想告诉对方："我刚才遇到了奇怪的事！你简直不会相信……"但我什么也没有说，创造了一个保密的先例。

当我终于回到旅馆房间，在飘忽不定的影子之中，我发现菲利克斯，一头鬈发，皮肤晒得黑黑的，在等着我。他脸色苍白而肃然，向我靠过来。现在，他刮了脸；头发顺溜地往后梳去。他穿着鸽灰色的西服，打一条淡紫色的领带。我拿出手帕；他也拿出手帕来。谈判，停火。

一些乡野的气息飘进我的鼻孔。我擤鼻涕，坐到床沿上，这一阵，我一直对着镜子照。我记得我鼻子上的尘土啦，一只鞋的后跟和中腰之间的黑土啦，饥饿啦，眼下在烤肉店吃带有柠檬味的硕大的烤牛排那种粗糙的焦味啦，诸如此类人的有意识存在的小小的标志十分奇异地吸引了我的注意力，仿佛我在寻觅并找到了证据证明我就是我（虽然还有一点儿怀疑），这个我（有头脑的二流商人）果然是在旅馆吃饭，在考虑商务上的问题，和那个在灌木丛中踯躅的流浪汉毫无瓜葛。但我刚才体验的惊愕又一次使我惊魂未定。那个人，特别当他熟睡的时候，当他的面目凝然不动的时候，却显示了我的面目，我的面具，我的死躯的毫无瑕疵的纯洁形象——我使用这最后的说法是想最清晰地表达——表达什么？就是想表达：我们有相同的面目，在完全静息的状态下，这种相像更为明显，如果死亡不意味着一张安然平和的脸——脸的艺术的极致的表现，那死亡又是什么。人生只是玷污了与我相像的另一个人；只是一阵清风将那喀索斯的美貌吹得悄然无踪了；只是当画家不在的时候，他的学生用浮浅多余的色彩将大师画的肖像变形了。

然后我想，既然对我自己的面目了解并喜欢，我是否应该处于更有利的地位来观察与我相像的另一个人，因为并不是每个人都这么富有观察力；时常发生这样的情形，人们评说两个人之间的相像之处，而这两个人虽然相互认识，却并没有意识到他们有什么相像的地方（要是人们这么告诉他们，他们会竭力加以否认）。同样，我从来没有想到在菲利克斯和我之间会存在这么完美的相像。我见过兄弟之间、双胞胎之间非常相像。在银幕上我见过一个人会见与他相像的另一个人；或者说得更婉转一点，一个演员演两个不同的角色，他的社会地位的差异被天真地强调了，就像我们这样的情况，在一个角色中，他是一个行动诡秘的粗汉，而在另一个角色中他却是一个坐在小汽车里的稳重的 bourgeois[1]——仿佛一对同样的流浪汉，或者一对同样的绅士真的就没兴味了似的。是的，这一切我都见过，孪生兄弟之间的相像就像同样词根的押韵一样，往往被血缘的印记所破坏，而同时演两个角色的演员却不能欺骗任何人，即使在同一个银幕上他以两个角色的面貌出现，观众的眼睛不由也会注意到银幕中间胶片连接的那条线。

而我们的情况既不是孪生兄弟（即血缘相同），也不是舞台魔术师的戏法。

我多么想让你相信我！我将，将让你相信我！我将强迫你们所有的人，你们这些流氓，相信……虽然恐怕由于文字的特殊性质，文字本身不可能形象地传递那种相像：两张脸应该并排用真正的颜料画下来，而不是用文字，那时，也只有在那时观众才能理解我的意思。一个作家最心爱的梦想是将读者变成观众；有人达到这一目标吗？文学作品中人物苍白无色的框架，在作者的指导下吮食着读者的鲜血，才渐渐变得丰满起来；因此，作家的天才就在于赋予他的人物以适应这种食物——并不总是非常愉悦的——的机能，并在吮食中变得栩栩

1　法文，资产阶级。

如生，有时候历经数世纪而不衰。但眼下我并不需要文学的技巧，我需要的仅仅是画家艺术的直白和原始的一览无余。

　　瞧，这是我的鼻子；北欧型的大鼻子，一块硬骨弓形地撑着，鼻肉部分翘起，几乎成长方形。而他的鼻子完全是我的翻版。在我的嘴两边有两条深深的皱纹，嘴唇这么薄，仿佛一下就能被舔掉似的。他也有这样的皱纹和嘴唇。这里是颧骨，但这只是护照上列举出来的表面特征，毫无意义；且十分荒唐，颧骨是常人的颧骨。有人告诉我，我像北极探险家阿蒙森[1]。菲利克斯也像阿蒙森。不是每一个人都能被人称之具有阿蒙森的脸的。对于这点，我只是模模糊糊记得，我也不能肯定是否和南森[2]混淆了。不，我说不清。

　　我只是在傻笑而已。啊，我不知道我到底说清楚了没有。进行得相当不赖。读者，你现在看见我们两人了。两个人，但同一张脸。然而你不必以为，在自然这本大书中我会为一些可能的瑕疵而羞愧。请走近一点看：我有一副硕大而发黄的牙齿；而他的却更洁白、整齐些，但这重要吗？我的前额上爆出一条青筋，就像一个书写得蹩脚的大写 M，但当我熟睡时，我的前额就像我的另一个人那样光溜了。那些耳朵……与我的

1　Roald Amundsen（1872–1928），挪威极地探险家。

2　Fridtjof Nansen（1861–1930），挪威极地探险家和政治活动家。

相比，他耳朵的涡旋有一点异样：有的地方往里紧缩，有的地方却非常光滑。我们的眼睛形状相像，眯成一条缝，睫毛稀稀拉拉，但他的虹膜比我的要浅一些。

这就是在第一次邂逅时我观察到的一些显著的特点。第二天晚上我不断地审视这些细微的缺陷，当我的记忆力出毛病时，不管怎么样，我总看到我自己，我这个自己，可怜巴巴地伪装成了一个流浪汉，面无表情，下巴颏和腮帮上长满了胡须茬儿，就像已经死了一晚的人。

我为什么要逗留在布拉格？我已经做完了买卖。我完全可以回柏林去了。为什么我第二天上午又回到那山坡上，又回到那路上？我毫不费劲地找到了昨天他躺着的那地方。在那儿，我看到一个金色的烟蒂，一朵枯萎的紫罗兰，一张破碎的捷克报纸，以及——一个头脑简单的流浪者很可能留在树丛下的可怜的非个人化的痕迹——一个硕大的直直的男人的玩意儿，一个稍小点儿的男人的玩意儿蜷曲在它的上面。几只绿头苍蝇使这幅画更为完美。他到哪儿去了？他在哪儿过夜呢？简直是谜。我隐隐约约地觉得非常不舒服，仿佛这整个儿的遭遇是一个邪恶的行为。

我回到旅馆拿我的箱子，匆匆赶到车站。在月台的入口，有两排漂亮的矮长凳，靠背按人的脊柱形态弯曲有致。有人坐在那儿；有人在打盹儿。我想我应该倏然看见他熟睡在那儿，手张开，最后一朵紫罗兰仍然别在纽扣洞眼里。人们会注意我们俩；跳将起来，将我们包围起来，扭送到警察局去……为什么？我为什么写这些？难道这是我的笔兴之所致吗？或者说，两个人像两滴血一样相像，这本身就是一件罪恶吗？

二

我既是一个画家，又是一个模特儿，我对我的外表太熟悉了，所以我的风格缺乏那种自然的灵感。虽然我竭力想回归到我的最原始的躯壳中去，但是我没有成功；更不必说让我在我的旧我中感到舒心了；在那里，一切太混沌了；东西都搬走了，台灯是黑的，灭了，我的过去散乱地洒落在地板上。

我敢说，我的过去是非常幸福的。在柏林，我拥有一套小巧而可心的公寓，三间半房，向阳的阳台，供应热水，中央空调；丽迪亚，我的三十岁的妻子，还有埃尔西，我们的十七岁的女佣。车库就在旁边，停放着那小巧玲珑、令人愉悦的车——一辆深蓝色的双座车，用定期付款买的。在阳台上，一株鼓鼓的圆顶脑袋的灰白色仙人球在缓慢但勇敢地生长。我总是在同一家店买烟草，而迎接我的总是满脸笑容。在卖鸡蛋和黄油的店铺里迎接我妻子的也是这同样的笑容。星期六晚上，我们若不上咖啡馆，就去电影院。我们属于体面的中产阶级的精华，至少看上去是这样。从办公室回到家，我不脱鞋就躺上沙发看晚报。我和妻子的谈话也不仅仅包括一些芝麻小的数字。我的思绪也不总限于我自制的巧克力的冒险旅途。我甚至可以承认，流浪艺术家的趣味对于我来说并不是完全陌生的。

至于对新俄罗斯的态度，让我现在就说清楚，我不同意我妻子的观点。从她涂着口红的嘴里发出来的"布尔什维克"一词具有一种习惯性的细小的仇恨——不，"仇恨"一词在这儿恐怕太强烈了。那是一种小家子气的、基本的、娘儿们的情绪，因为她不喜欢布尔什维克就像她腻味雨（特别是星期天）或者臭虫（特别在新房子里），布尔什维克主义对于她就像是感冒一样的小事儿。她想当然地认为事实证明了她的观点；她的观点的正确性太明显了，根本无需讨论。布尔什维克不相信上帝；他们真是调皮到家了，但对于残暴色情狂和流氓你还能指望什么呢？

当我说从长远来讲共产主义是一件伟大的和必要的事业；年轻的新俄罗斯正在创造美妙的价值，虽然这些价值对于西方人来说是不可理解的，对于一贫如洗的饱受打击的亡命者来说是不可接受的；在把我们所有的人都变成为同类人中，历史从来也没有经历过这样的热狂，这样的禁欲主义，这样的大公无私，这样的信仰——当我每每这样说时，我妻子会认真地说："我觉得你这样说是在逗我，这样不太好。"但说实在的，我是严肃的，因为我一直认为，我们无从捉摸的紊乱生活需要根本的改变；共产主义会为肌肉发达、宽肩膀、头脑简单的人们创造一个美丽而平等的世界；对它采取敌视的态度是一种孩子气，一种成见，这时我想起了我妻子做的鬼脸——鼻孔收紧，一边的眉毛往上那么一翘（这是一个准备引诱男子的妖妇带有孩子气的招数），每次她在镜子里瞧自己时，就会做这种鬼脸。

现在，我讨厌镜子这词，可怕的东西！自从我停止刮脸，我就没有这玩意儿了。不管怎么样，只要一提到它就会给我一种糟透了的震撼，打断我的故事（请想象一下在这儿该讲什么呢——镜子的历史）；在镜子里有歪歪扭扭的魔鬼般变形的形象：光溜细小的脖子突然往下伸向一道肉缝，在那儿，和另一条从裤带下挤上来的杏仁糖色的裸肉融合在一起；变形的镜子将人的衣服剥光，或者将他砸扁，瞧！在无数凹凸不平的玻璃的作用下镜子里出现了既像人又像牛，既像癞蛤蟆又像人的玩意儿；要不人就被变形成一个面团，然后被撕裂成两半。

够了——让我们继续说下去——我并不想让你大笑不止！够了，一切并不像你想象的那么简单，你这个猪，你！哦，是的，我将诅咒你，没有人能阻止我诅咒你。在我的房间里不放穿衣镜——那也是我的权利！是的，即使当我偶然撞见一面镜子（哼，我怕什么？）会看见一个蓄胡须的陌生人——我的胡须漂亮极了，而且是在这么短暂的时间里蓄的！我装扮得如此完美，连我自己都看不出来。浓密的头发从每一个毛孔里长出来。我的体内一定储存着非常丰富的毛发。我躲在从我身上生长出来的天然的林莽中。没什么可怕的。愚蠢的迷信！

瞧，我又要写那个词了。镜子，镜子。嗯，发生什么事了吗？镜子，镜子，镜子。不管你重复多少遍——我什么也不怕。一面镜子。在一面镜子里瞧自己。当我这么说时，我是在指我的妻子。要是老被打断，要讲下去就很困难了。

顺便说一下，她也很迷信。是一个相信触摸一下木头可以祈神的人。在行将做出一个决定前，她便会闭紧嘴唇，匆匆忙忙往四周瞧瞧，寻找光裸的没有刨过的木头，只找到桌子底下，粗短的手指触摸上去（在草莓色手指甲周围有一小圈肉，虽然她涂了指甲油，却从来没干净过；小孩的指甲）——当那祈求幸福的念念有词还在空中飘荡时，她飞快地触摸一下桌肚子。她信梦：梦见你掉了牙，那就意味着你认识的一个人死了；如果牙上还有血，那就意味着死亡的是你的一个亲戚。一地的雏菊预示你将见到你的初恋情人。珍珠代表眼泪。梦见自己穿着白衣服坐在桌子的上座是很糟糕的。泥代表钱；猫意味着叛逆；海洋意味着灵魂的不安。她喜欢详细地、不厌其烦地复述她的梦。啊！我写到她时，都是用的动词过去式。让我将故事像勒裤带似的勒得紧一点儿吧。

她痛恨劳合·乔治[1]；要不是他，俄罗斯帝国不至于崩溃；她总是说："我要用我的手掐死那些英国人。"德国人也受到谴责，他们将布尔什维克主义和列宁用密罐车输进了俄国。至于法国人："你们知道吗，阿德利安（她的一个表哥，在白军中服过役）说，在敖德萨撤退时，他们就像一群下流人。"同时她认为英国人的脸是世界上最美的（仅次于我）；她尊敬德国人，因为他们有音乐才能，性格沉稳；她声称喜欢巴黎，我们曾经在那儿待过几天。这些想法就像圣龛里的圣像一样不可动摇。相反，她的关于俄罗斯人的立场总的来说经历了一个演变的过程。一九二〇年她还在说"真正的俄罗斯农民是保皇党人"；现在，她说："真正的俄罗斯农民已经不复存在了。"

她只受过很少的教育，观察力也很差。有一天，我们发现对于她，"神秘"这一词多少与"迷雾"、"错误"和"棍子"[2]有关，但她根本不知道一个神秘主义者到底是什么人。她所能认出的惟一的树是白桦树：她说，白桦树使她回忆起家乡的森林。

1　Lloyd George（1863-1945），英国政治家，一九一六至一九二二年间担任首相。

2　这三个词原文分别是 mist，mistake 和 stick，发音和"神秘"（mystic）相近。

她是个大书虫，但只读垃圾货，什么也记不住，往往跳过长段的描写性的段落。她前往俄语图书馆借她的书；一坐下来就能挑好久；她在桌上的书里乱翻；拿起一本书，翻开页码，斜着溜一眼，就像一只觅食的母鸡；把它放下，拿起另一本，再打开——她做这一切都是在桌面上，而且只用一只手；她发现她把书拿倒了，便将它转个九十度——不再多一点儿，因为这时她已将它放弃，赶着去夺那本图书馆员就要拿给另一个女人的书；做这一切要花上一个多小时，我终究也没有弄明白她是怎么做出那最后的抉择的。也许是那书名吧。

有一次，我从火车的旅途中带回一本糟透了的侦探小说，封面画着一只绛紫色的蜘蛛躲在一个黑网中。她翻阅了一下，发现故事惊险极了——她觉得她已不可能控制自己不赶着溜一眼结尾，但又觉得这样再读前面的故事就会淡而无味了，于是便紧闭上眼睛，将书沿书脊往下撕，撕成两半，将后一半结尾部分藏起来；后来，她将藏匿的地方忘了，在屋里找寻了她自己庋藏的罪犯好久好久，一边找，一边嘴里不断嘟囔："真惊险，真惊险呵；我如果找不到它，我知道我会死的——"

她现在找到了。那些说明故事发展因果的书页都被藏在最隐秘的地方；但它们还是被找到了——所有的页码都被找到了，也许除了一页。真的，发生了许多事儿；因果都恰当地解释了。她遭遇到了她最惧怕的东西。在所有的兆头中，那是最凶恶的。一面破碎的镜子。是的，这发生了，以非常不寻常的方式发生了。这可怜的业已死亡的女人。

咚-嘀-咚。再来一遍——咚！不，我没疯。我只是快乐地发出一些细小的响声而已。这种快乐是在四月愚人节骗了人之后感到的快乐。我让别人真正成了个蠢蛋。那人是谁？有教养的读者，在镜子里瞧一瞧你自己，既然你那么喜欢镜子。

现在，陡然间，我感到悲哀——这次，是真悲哀了。我刚才以少有的生动看见了阳台上的仙人球，那些蓝色的房间，我们的寓所建在一片新潮的住宅区里，那盒子似的现代住宅让人产生空间错觉，又不同凡俗。在那儿，在我的干净而整洁的世界中，丽迪亚造成的混乱，她的香水所发散出来的那种甜甜的庸俗的味儿。但她的缺陷，她的无辜的沉闷，她还保持学校宿舍里的在床上窃窃傻笑的习惯，都没真正地让我烦恼。不管她在公众场合怎么唠叨废话，不管她穿得怎么俗气，我们从来没争吵过，我从来也不抱怨她。她决不善于分辨色调，可怜的人儿。只要主色调完全符合她的趣味，她就会觉得合适，她会戴一顶草绿色的皮帽配一件橄榄绿或者深绿色的衣服。她喜欢一切"相互呼应"的东西。譬如，如果肩带是黑的，她必定要在喉咙前来上一条小巧的黑色缘饰或者一条小巧的黑色褶边。在我们结婚的最初几年里，她总是穿瑞士绣花的亚麻布衬衣。她穿上一条飘逸的长裙居然能再配一双厚重的秋靴；不，她绝对没有哪怕一丁点儿的对和谐的神秘性的认知，而这与她糟糕的邂逅有关。她的懒散在她走路时淋漓尽致地表现出来，她嗜好左脚的后高跟先着地。

瞧一眼她的抽屉就会让我发抖，抽屉里横七竖八放着乱七八糟的破布，缎带，丝绸片儿，她的护照，一枝枯萎的郁金香，几片虫蛀的毛皮，各种各样不合时宜的玩意儿（譬如姑娘们早年穿的绑腿式长统靴）和类似的垃圾。在我整洁有序的美好世界中经常会出现一条小小的但异常肮脏的花边手帕或者一只长统袜，长统袜还是破的。长统袜穿在她的鼓鼓的小腿肚上似乎要燃烧似的。

她一点儿也不懂管理家务事儿。她接待客人让人觉得可怕。在一小盘菜里往往会发现牛奶巧克力散片，就像在穷乡僻壤的家庭里似的。我每每自问我到底爱她什么？也许是爱她的长睫毛眼睛下让人感到温暖的淡褐色眸子，也许是爱她任意梳理的褐色秀发的自然卷曲，也许是爱她丰腴肩膀的曳摆。也许事实是我爱她因为她爱我。对于她，我是一个理想的男人：有头脑，有勇气。没有人穿得比我好。我记得，有一次我穿上一件新的无尾晚礼服，一条肥大的裤子，她不禁拍起手来，深深埋在沙发里，喃喃道："哦，赫尔曼……"这是与圣洁的痛苦差不多的一种狂喜。

我也许怀着由于进一步美化她所爱的男人而产生的一种暧昧的感情，和她妥协，使她的人生和幸福发生了一个可喜的变化，我利用了她对我的信任，在我们共同生活的十年间，我跟她说了无数关于我自己、我的过去、我的冒险的经历的谎话，以至于我自己都不可能把它们统统记住，每每需要求助于参考材料。但她总是遗忘一切。她把伞轮着个儿落在所有我们认识的人家里；她的口红会出现在简直不可思议的地方，譬如她表哥的衬衣口袋里；她从晨报上读到的东西会在晚上这么对我说："让我想想，我在什么地方读到它的，它到底说什么来着？……我只是隐隐约约记得一点儿——哦，帮帮我！"叫她寄封信等于是把信往河里扔，至于能否收到信，全靠河水水流的速度和收信者是否有垂钓的闲暇了。

她总是将时间、人名和人脸搞混。我编织了谎话后，便永远不会再重复；她很快就忘了，谎言所说的东西沉淀到她意识的深处，但在意识的表面却仍然不时荡漾着那种谦卑的惊诧的涟漪。她的爱几乎越过限制她所有其他感情的界线。晚上，当六月和明月天衣无缝地交融在一起的时候，她的最根深蒂固的思绪每每是胆怯的流浪者。这种思绪不会持续很长时间，也不会漫游得太远，便再一次锁闭上了；这是个非常简单的头脑，最复杂的无非是寻觅潦草地写在从图书馆借来的书页上的电话号码，而借书的人正是她想通话的对象。

她丰满，矮小，身材相当没样儿，但矮胖女人能激起我的兴趣。那些颀长而年轻的女人，瘦骨嶙峋的轻佻女人，穿着锃亮的绑腿女靴在道恩金斯塔拉斯大街上装模作样地走来走去的傲慢漂亮的婊子，对于我根本没用。我不仅总是非常满意我的百依百顺的同床伴侣和她的白胖可爱的魅力，而且，我最近怀着对自然的感激和惊讶注意到我晚上的快乐所具有的那种暴力和甜蜜，由于错乱而达到了微妙的顶点，这种错乱并不像我起初想象的那样在三十五岁左右的易兴奋的男子中是稀罕的。我是指一种众所周知的"意识分裂"。对于我，它是在我到布拉格前数个月断断续续发生的。例如，我和丽迪亚在床上做爱，当我做完一系列她应该享受的前戏的抚摸时，陡然间我意识到小淘气意识分裂向我袭来。我的脸埋在她脖颈里，她的大腿开始将我夹紧，烟灰缸从床头柜上摔了下去，整个世界也摔了下去——但，同时，简直不可思议，我快乐地赤裸裸地站在房间的中央，一手搭在椅背上，椅子上放着她的长袜和短裤。一人处两地的感觉倏然给我一种异乎寻常的震动；但这和以后事件的演变相比就算不得什么了。在我对分裂不耐烦的时候，我会一吃完晚饭就将丽迪亚一古脑儿抱起扔到床上。意识分裂达到了完美的境地。我坐在离床十几步远的扶手椅里，丽迪亚合合适适地躺在床上。从我的神奇的有利位置，我瞧见在床头灯那实验室灯光般的强烈照明下，我背脊肌肉有节律地起伏，她膝弯的完美之处有珠母一样的闪光，散落在枕上的头发闪烁着青铜色的光泽——当我宽阔的背脊还没有再一次滑下去支撑观众的喘息的前胸时，我只能见到她的这些部位。然后是第二道程序，这时我才意识到我体内的两部分越分裂，我就越陶醉于其中；因此，我每晚总坐在离床几英寸的地方，很快我椅子的两条后腿便移到开着门的门槛边。最后，我发现我坐在客厅里——同时在床上做爱。这还不够。我希望我能将自己移开到离我表演的打着灯光的舞台至少一百码以外；我希望能在游泳池繁星般的拱顶下、在蓝色的水雾中、在远远的上层看台上思考我卧房里的情景；用歌剧院望远镜、野外望远镜、高倍望远镜，或者用具有目前还未知的能量的光学望远镜来观察这一对小小的、清晰的、性事非常活跃的夫妇，这种光学望远镜的能量会随着我的兴奋程度的增加而增加。事实上，我从未远离过客厅里的蜗形支腿桌，即使这样，我发现我观察卧床的视线被门墙所挡，除非打开卧室的衣柜，让床反照在斜置的穿衣镜或者 spiegel[1] 里。哦，有一个四月的晚上，雨淅淅沥沥地下着，雨声撩人，就像弦乐队中的竖琴声，我坐在最远的第十五排座位上，正期待着瞧一场特别精彩的戏——其实这场戏已经开始了，在戏中我的自我的身体异常巨大，异常富有创造性——从那遥远的床，我相信我就在那儿，传来丽迪亚的哈欠和声音，她傻乎乎地说，要是我还没上床的话，把她放在客厅里的那本红书带给她。书就放在椅子旁边的蜗形支腿桌上，我没有拿给她，而是将书往床边扔去，书页风车般地飞张开来。这一奇异而可怕的插曲将我的兴奋吹得无影无踪。我就像一只海岛的鸟，失去了飞上天空的兴趣，就像一只企鹅，只在梦中飞翔。我尽力想重新抓住这意识分裂，也许差一点儿快成了，不料一个新的美妙的想法将我心中所有期望重操这有趣的、相当富有肉欲的试验的意念一扫而光。

否则，我的夫妇之爱就完美了。她毫无保留地、义无反顾地爱我；她的爱似乎是她本性的一部分。我不知道我为什么又用了动词过去式；请别在意，我的笔这么写更顺畅一些。是的，她爱我，非常忠诚地爱我。她喜欢这样那样地端详我的脸；用大拇指和另一根手指像圆规似的量我的五官：上唇上有一点儿刺疼人的茬儿，中间那道有点儿长的沟儿；宽阔的前

1　德文，镜子。

额，眉毛上有一对突骨；她用食指的指甲按着我上下嘴唇的边线走，我的嘴总是闭得紧紧的，怕痒。一张大脸，绝不是一张简单的脸，是特地定制的；颧骨上亮着一层光彩，颧骨下有一点儿凹陷，要是有一天没刮脸，那儿便会长出土匪般的络腮胡须茬儿来，在有些光的照耀下发点儿红，跟他下巴上的胡须一模一样。只是我们的眼睛不同，要是它们之间有一点儿相像的话，那真是异想天开了；当他躺在我面前的地上时，他的眼睛紧闭，虽然我没有真正见过，但感觉当我的眼睛闭上时，我知道它们同他的眼脊是迥异的，眼脊，一个多么美妙的词！修辞上很讲究，但很得体，是我的叙事散文的一个受欢迎的创造。不，我一点儿也没激动；我的自控能力是异乎寻常的。时不时我的脸会露出来，就像从篱墙后面露出来一样，这对于一个一本正经的读者来说，是令人讨嫌的，但这对他是有好处的：他可以习惯于我的脸；同时，当他分不清到底那是我的脸还是菲利克斯的脸时，我会默默地笑起来。我就在这儿！而现在——又消遁不见了；也许根本就不是我！只有用这个方法我才能给读者一个明示，告诉他我们之间的相像并不是想象出来的，而是一个真实的可能，甚至可以说是一个真实的事实，是的，一个事实，不管这看上去有多么荒诞不经。

从布拉格回到柏林，我发现丽迪亚正在厨房的一个玻璃碗——我们叫它"眼睛碗"——里打鸡蛋。"喉咙疼，"她用孩子般的口气说；将玻璃碗放在炉边，用手背擦一下她黄色的嘴唇，吻我的手。她穿着一件粉红的连衣裙，肉色的长统袜，一双破旧的拖鞋。夕阳将窗棂映在厨房里。她重又用小勺在那黏稠的黄色玩意儿里不断地打，糖粒发出轻微的沙沙声，蛋液仍然是黏糊糊的，小勺在柔软的变稠的蛋液里转动得很慢。火炉上放着一本打开的破损的书。书页的空白处不知什么人用粗糙的铅笔写了一句眉批："可悲，但真实"，后面加了三个惊叹号，惊叹号下面的点儿都有点儿滑向一边。我读了那句使我妻子的前人如此感动的话："爱你的邻居这句话，"雷金纳德爵士[1]说，"如今不再在人际关系的股票交易市场上时兴了。"

"嗯——旅途一切都好？"丽迪亚问，一边使劲转动着把手，咖啡磨的盒牢牢地夹在她大腿中间。咖啡豆嘎嘎地响，散发出一股浓郁的香气；咖啡磨仍然在吱吱呀呀地响着；声音渐渐轻下来，直至消遁；一切的对抗都消逝了；空空如也。

我有点儿茫茫然了。仿佛是在梦中。她在制作那眼睛碗——而不是在熬咖啡。

"没有比这更糟的了，"我说，我是指这次旅行。"你呢，过得怎么样？"

1　Francis Reginald（1861-1953），英国政治家。

为什么我不告诉她我的简直令人难以置信的冒险？我曾经给她编造过无数的假故事，但这次却不敢用我的被玷污的嘴说出一个真实而离奇的故事了。也许有什么别的东西不让我这么做。作家是不会把他的初稿给人看的；人们是不会叫子宫里的孩子小汤姆或者贝尔的；一个野蛮人是不会说出具有神秘色彩和未知性质的物件的名称的；丽迪亚是不喜欢我读她尚未读完的书的。

　　有好几天我因这次会见而感到苦闷。很奇怪，它总让我想起另一个与我相像的人，他正在我未知的道路上跋涉，饥饿，寒冷，湿漉漉的——也许着凉了。我盼望他找到了工作，要是知道他生活得安乐而温暖——或者至少安全地在监狱里，我会觉得更温馨些。当然我没有一丁点儿的愿望采取措施去改善他的处境。我根本不想花钱去提高他的生活水平。在柏林也不可能为他找一份工作，柏林已经充斥了无数衣衫褴褛的流浪汉。说实在的，我倒情愿与他保持一定的距离，仿佛一接近反而会破坏因我们的相像而带来的惊愕似的。时不时地我可以给他寄一些钱，我生怕他会在遥远的地方流浪堕落而灭亡，那样他就不能做我的忠实的代表了，做一个活生生的我的脸面巡回展示的样板了……善良而无用的思绪，因为这个人没有常住地址。所以，（我想）让我们等着吧，也许某个秋日，他会在萨克森的那个乡村邮局出现。

五月消逝了，在我的心中，关于菲利克斯的记忆渐渐痊愈了。我自我陶醉于这句句子的流畅：前半句含有那种富有肉欲的叙述口气，然后则是一声冗长的愚蠢而满足的叹息。不过，钟情于感官快乐的情人们也许会有兴趣注意到，一般来说，"痊愈"这个词只有在指伤口时才使用。在这里只是偶然用一下而已；没有任何恶意。我现在要指出一些其他的东西——也就是说，我的写作变得更顺畅了：我的故事获得了驱动力。我已经登上了那辆公共汽车（在本书开始时提到了），而且，我还坐上了一个靠窗户的非常惬意的座位。在获得一辆车之前，我就这样坐车到办公室去。

那年夏天，那锃亮的蓝色小伊卡勒斯得拼命工作。是的，我特喜欢我那新玩意儿。丽迪亚和我经常驾车到乡下去过上一整天。我们总是带上她的表哥阿德利安，他是一位画家：一个快乐的人，却是一个糟透了的画家。不管怎么说，他是一个穷光蛋。如果有人让他画肖像画，那纯然是出于一种同情心，或者说是由于性格上的弱点（这人有可能非常固执）。他总是从我这儿，也许还从丽迪亚那儿，借小额的钱；当然，他总是设法蹭一顿饭吃。他总是拖欠房租，当他付房租时，他付的是实物。说得具体点儿，就是静物画……一块斜放的布上的方苹果啦，或者一个倾斜的花瓶里的阴茎般的郁金香啦。他的女房东会自己出钱将所有这些画装上画框，这样，她的餐室让人觉得像是一个前卫的世俗的展览会。他说，他在一家俄国小餐馆吃饭时，曾经在这小餐馆墙上"胡乱画了一下"（意思是说他修饰了一下餐馆的墙）；他甚至还用了一个更为丰富的表述，因为他来自莫斯科，莫斯科人喜欢说花哨的损人的俚语（我不想说出它来）。有趣的是，尽管他很穷，可他还是设法买了一块地皮，驾车到柏林三个小时的路程——也就是说，他首付了一百马克，再不操心付余下的钱了；事实上，他没再付过一分钱，他认为一旦首付买下这块地皮，这地皮直到世界末日都是他的了。这地皮足有两个半网球场那么长，紧邻一座风光相当旖旎的小湖。那儿长着一对连体的、树枝分杈的白桦树（或者说两对树，如果你算上湖水中的倒影）；还有几丛冬青树；远一点儿的地方耸立着五棵松树，陆地上再远一点儿你会看到一丛石楠长在树丛中。地皮没有围上栅栏——他没钱。我琢磨阿德利安想等周围两片地皮围上围栏，这样他可以不花一分钱就自动地划了地界，有了自己的栅栏了；但周围的地皮还没有卖掉。湖岸边的地产不好卖，这地太潮湿，蚊子多极了，离村子又远；而且也没路将它与公路连上，天晓得这路什么时候修。

我记得六月中旬的一个星期日上午，在阿德利安的奋力劝说下，我们第一次到了那里。半路上，我们停下车来接他。我按喇叭按了好长时间，眼睛紧盯着他的窗户。窗户在熟睡。丽迪亚将手放在嘴边，做喇叭状喊道："阿——德——利！"在下面的一个窗户里，就在酒馆招牌的上面（这酒馆瞧上去像是阿德利安在那儿欠了些钱），窗帘被愤怒地撩开，一个俾斯麦式的大人物，穿着盘花饰扣的浴衣，手中拿着一只真正的喇叭，往外瞧。

车已经停止抖动了，我将丽迪亚留在车里，便径自上楼去叫醒阿德利安。我发现他还睡着。他穿着游泳三角裤睡觉。他一骨碌翻身下床，默默地飞快地将脚塞进拖鞋，穿上一件蓝色的衬衣和法兰绒裤子；一把抓起提包（表面上可疑地鼓鼓囊囊的），我们就往下走。一副严肃、睡意惺忪的容貌并没有给他肥鼻子的脸增加多少魅力。他给塞进汽车车篷后面的活动座位上。

我不认路。他说他对路的熟悉就像他熟稔主祷文一样。我们一出柏林就迷路了。以后就不断地问路。

"对于地主来说这是多么令人愉悦的景色啊，"当我们在中午时分经过科尼格斯道夫，来到一段他熟悉的路段时，阿德利安喊道，"我会告诉你什么时候拐弯。啊，啊，我的古老的树！"

"别傻样了，安迪，亲爱的，"丽迪亚平静地说。

路两旁是一片连绵的荒野，沙丘和石楠矮树丛，时而有一片幼松林。再往下，乡野的景色有点变化了：右边有一片田野，天际迢远处是黑黝黝的森林。阿德利安又开始唠叨起来。公路右边出现一个鲜黄色的杆儿，那儿往右伸将出去一条几乎无法辨认的路径，那只是往日路途的残余而已，不久便在牛蒡和燕麦草中间消失了。

"在这儿拐弯，"阿德利安郑重其事地说，突然嘟嘟哝哝发出一声，往前向我扑来，因为我紧急刹了车。

你笑了，有教养的读者？事实上，为什么你不应该笑呢？一个美好的夏日，宁静的乡野；一个好心肠的傻瓜艺术家和一根路边杆儿……那根黄色的杆儿……它是那个卖地皮的人立的，兀立在一片辉煌的孤寂中，它是那些涂着油漆的杆儿的不相配的兄弟，那些杆儿立在前往瓦达村的十七公里的路上，那儿的地皮更吸引人，也更贵一些，这一特殊的地标继而成为我心中一个固定的思想。在蓊郁的风光中鲜明地现出的黄色地标出现在我的梦中。在它那儿，我的幻想寻觅到它们的位置。我所有的思想都归向它。它在我思绪的一片黑暗中照耀着，像一个忠诚的灯塔。我今天有这样的感觉，就是当我初次见到它时，我便一下子认出它来了：就像未来的一件事物一样对我熟稳。也许我错了；也许我投向它的只是冷冷一瞥，我关心的只是拐弯时别在杆儿上擦了挡泥板；但是，都一样，今天当我回忆这一切时，我无法将初次相识时的感觉与日后成熟的感觉分离开来。

正如我已经提到的，路没有了，消失了；车在崎岖不平的土地上颠簸，发出抱怨般的叽叽嘎嘎的响声；我将车停下，耸耸肩膀。

丽迪亚说："我建议，亲爱的安迪，我们将车推到瓦达去；你说那儿有一个大湖和一家咖啡馆什么的。"

"那是不可能的，"阿德利安激动地顶嘴道，"首先，那咖啡馆仅仅在酝酿计划之中，何况，我已经有一个湖了。来吧，亲爱的，"他转身对着我，继续说，"让这老破车动起来吧，你们不会后悔的。"

在我们前面更高处，大约三百英尺的地方，有一片松林。我瞧着松林……嗯，我打赌我觉得仿佛见过这松林。是的，是这样的，我现在更清楚了——我肯定有过那奇异的感觉；这绝不是事后的想法。还有那黄色的杆儿……当我回头瞧它时，它多么饱含深情地瞧着我——仿佛在说："我在这儿，请你随时使唤我……"那面对着我的松林，树皮就像绷紧的微红的蛇皮，它们那些绿色的松针，风正逆着方向抚摸着它们；树林边缘那光秃秃的白桦树（我为什么写"光秃秃的"？还没到冬天，冬天远着呢），天气是这的温馨、晴朗，这潺潺的小溪，仿佛在充满激情地吟唱着什么，那歌词的开头就是激……是的，一切都充满一种含意——没错儿。

"请问你想叫我往哪儿开？我看不见路。"

"哦，别那么挑剔，"阿德利安说，"往前走，老兄。啊，是的，一直往前走。那儿，你瞧见的口子那儿。我们会有办法的，一旦进入森林，离我的地儿就不远了。"

"我们干脆下车走不好吗？"丽迪亚建议道。

"好极了，"我说，"在这种地方没人会梦想偷一辆遗弃的新车。"

"是的，有一点儿悬，"她马上应声道，"能否你们两人走，"（阿德利安哼唧了一下）"让他给你看他的地皮，我等在这儿，然后我们到瓦达去，在湖里游泳，到咖啡馆去喝杯咖啡？"

"亏你想得出来，"阿德利安激动地说，"难道你看不出来我是想邀请你到我自己的土地上去吗？那儿有一些惊喜在等待着你。你太伤我心了。"

我启动了车，一边说："好啊，要是我的车碰坏了，你出修理费。"

颠簸让我在座位上蹦了起来，在我旁边丽迪亚蹦了起来，在我后面阿德利安蹦了起来，他不断地说："我们将很快（车颠了一下）进入森林（车颠了一下），然后（车颠了一下）是石楠矮树丛，路就要好走一些（车颠了一下）。"

我们终于进了森林。起先，车陷进了深沙窝里，马达吼着，轮子打滑；最后，我们还是想办法让车动了起来；接着，树枝擦车身，将车漆刮掉。终于路的影子出现了，但车要么卡在石楠树丛里，干吼着，要么不得不在密密的树杆中间东绕西拐地走。

"往右一点，"阿德利安说，"往右一点儿。嗯，你觉得松树的香味儿怎么样？香极了，是吗？我跟你说了。绝对香。你可以在这儿停车，我下去看看。"

他下了车，走了开去，每一步都着力扭动着他的屁股。

"嗨，我也去，"丽迪亚喊道，但他走得很快，不久树丛就将他隐没了。

马达抖动了一下，静了下来。

"这是一个多么可怕的地方，"丽迪亚说，"说真的，我真怕一个人待在这儿。有可能被抢，被谋杀——什么都可能……"

一个孤零零的地方，确实是这样！松树林发出轻轻的飒飒的声音，地上覆盖着白雪，没有雪的地方露出黑黑的泥土来。胡说八道！六月怎么可能有雪？要是擦掉它不是太不道德的话，应该删掉它；但真正的作者不是我，而是我的不耐烦的记忆。尽力理解吧；这不关我的事。那黄色的杆儿上沿也盖着雪呢。这样，未来通过过去在闪光。够了，让我们重新回到那夏日吧：斑驳的点点阳光；蓝色的车上映着树枝的影子；松树的球果躺在踏脚板上，在那儿，在将来的一天会有最意想不到的东西留在那儿：刮胡子的刷子。

"他们是星期二来吗？"丽迪亚问。

我回答："不，星期三晚上。"

沉默。

"我只希望，"我妻子说，"他们来，别带上上次带的玩意儿。"

"即使他们带上……你为什么要为这操心呢？"

沉默。细小的蓝蝴蝶停栖在麝香草上。

"听我说，赫尔曼，你肯定是星期三晚上吗？"

（这潜藏感情值得披露吗？我们在谈论一些琐碎的事儿，指我们认识的一些人，指他们的狗，那凶猛的小狗，它能引起所有参加聚会的人的注意；丽迪亚只关心"纯种大狗"；一说到"纯种"，她的鼻孔就要颤抖。）

"他怎么还没回来？"她说，"他肯定迷路了。"

我走出车来，在车周围转了一圈。车到处都刮了漆。

丽迪亚无所事事，手里拿着阿德利安鼓鼓的皮包玩弄：摸了摸，然后打开它。我走开了几步（不，不——我想不起来我当时在思考什么）；瞄了一眼躺在我脚下的几根断枝；然后转过身来。丽迪亚这时坐在汽车踏脚板上，轻轻地吹着口哨。我们两人都点上了烟卷儿。沉默。她会歪着嘴，将缕缕青烟从嘴角吹出来。

从远处传来阿德利安的大喊声。不一会儿，他出现在一个林间空地，挥舞着手臂让我们往前走。我们慢慢地驾车，绕开树干，跟在他后面。阿德利安在前面大步走着，坚定而又一本正经的样子。前方有东西在闪光——那是一个湖。

我已经描述了他的地皮。他无法指给我看地皮的真正界限。他迈着重重的大步子量米数，时不时停下来，往后瞄一眼，半蹲着腿支撑他的体重；然后摇摇头，走去找一根树桩，上面标着些什么。

那两株连体的白桦树在水中瞄着自己；绒毛浮现在水面上，灯心草在阳光下闪闪发光。阿德利安所谓的惊喜原来是一瓶伏特加酒，而丽迪亚早将酒藏起来了。她哈哈笑着，嬉闹着，仿佛整个世界就像一只槌球在她米色的中间红蓝条饰相间的游泳衣里。阿德利安在水中慢慢游时，她骑坐在他背上（"别掐我，娘儿们，要不我把你扔到水里去了！"），在她这样骑够了、大喊大叫和溅水溅够了之后，她走出了湖水，她的大腿绝对是毛茸茸的，但不久干了，它们便现出一点儿明亮的光泽来。每次跳水前，阿德利安会在身前划十字；他小腿上有一块内战时留下的丑陋的大伤疤；从他令人憎厌的宽松的游泳衣开口处露出贴身佩带的银十字架来，那是俄国农夫戴的那种类型的十字架，他跳水时，十字架就跳将出来。

丽迪亚认真地在身上抹冷霜，仰面躺着晒太阳。几英尺外，我和阿德利安舒舒服服地待在他认为最好的松树树阴下。从他可悲的瘪掉的皮包里，他拿出一本速写素描本和一支铅笔来；我很快就注意到他在画我。

"你的脸有点儿怪，"他说，眯细了眼睛。

"哦，让我瞧瞧！"丽迪亚喊道，却仍纹丝不动。

"头抬高一点，"阿德利安说，"谢天谢地，这样行了。"

"哦，让我瞧瞧，"一会儿她又喊将起来。

"你首先告诉我你把伏特加放在哪儿了，"阿德利安嘟嘟囔囔地说。

"别着急，"她答道，"我在这儿，你们休想喝酒。"

"这娘儿们疯疯癫癫的！老伙计，难道她把酒埋起来了吗？我还想和你作为哥儿们干上一杯呢。"

"我想让你们把酒戒了，"丽迪亚喊道，她油腻腻的眼睫毛抬都没抬起来。

"这糟透了的腮帮子，"阿德利安说。

"告诉我，"我问他，"你凭什么说我的脸有点儿怪？问题在哪儿？"

"我不知道。用铅笔画不了你。下次我得试试炭笔画或者油画。"他擦掉了什么；用手指关节将橡皮碎末抹掉；他抬起头。

"可笑，我总以为我的脸跟常人一样。也许该试试画侧面吧？"

"是的，画侧面！"丽迪亚喊道（跟原先一样：在沙地上伸开双手和双腿躺着）。

"哦，我不能称这样的脸是常人的脸。请抬高一点儿。不，如果你真要问我，我告诉你我发现你的脸上有一种明显的难以对付的东西。所有你脸形的线条都在我的笔下，比方说，溜走了，溜得无影无踪。"

"这种脸很少出现，你是不是这个意思？"

"每一张脸都是惟一的，"阿德利安说。

"天啊，我快烤焦了，"丽迪亚哼唧道，但没有挪身子。

"哦，真的——惟一的！……是不是说得过分了一些？拿世界上存在的人脸的类型说吧；譬如，动物类型。有的人脸像猿；还有鼠脸、猪脸。譬如与名人脸相仿的吧——在男人中有拿破仑式的脸，在女人中有维多利亚女王式的脸。有人告诉我，我使他们想起阿蒙森。我见到很多人的鼻子像列夫·托尔斯泰。还有的脸形使你想起一幅特别的画。偶像的脸，圣母马利亚式的！还有由于生活方式或者职业的相同而脸形相像呢？……"

"你再说下去准会说所有中国人的脸都一样了。你忘了，老兄，艺术家观察事物是观察它们的不同点。只有庸人才会注意到它们的相像之处。难道你没有听到丽迪亚在看电影时叫道：'哦！难道她不像我们家的女佣吗？'"

"安迪，亲爱的，别总搞笑了，"丽迪亚说。

"但你必须承认，"我继续说，"有时候，正是相像性起作用。"

"当你想买个二手烛台时，"阿德利安说。

没有必要再详述我们的对话了。我急切地期望这笨蛋聊起相像的两个人来，但他压根儿没说。过了一会儿，他收起了速写画本。丽迪亚祈求他给她看他画的画。他说除非她还给他伏特加酒。她拒绝了，也看不成速写画了。关于那天的回忆在洒满阳光的薄雾中结束，也许还和以后的旅行的记忆掺和在一起。在那首次旅行之后还有许多次旅行。对于那座森林，那座湖光闪烁其间的森林，我渐渐有了一种沉静的、十分强烈的爱。阿德利安竭力怂恿我去见那个经理，把与他地皮相邻的那块地皮买下来，但我的态度很坚决；即使我急于想买地，我也下不了那决心，因为那年夏天我的买卖开始走下坡路，我厌烦一切世事：那糟糕的巧克力正使我完蛋。但我告诉你们，先生们，我说的话算数：不是惟利是图的贪婪，不光是贪婪，不光是想改变我的处境的想法……不过，过早地述说以后发生的事也没有必要。

三

　　我们将怎么开始这一章呢？我提供不同的版本以供选择。第一个版本（这在作者或者替身作者使用第一人称叙述体写小说时经常用的）：

　　天空晴朗而冷冽，狂风肆虐，毫无减弱的意思；我窗下的冬青树左右摇摆，匹格南路上邮差往后倒走着，死劲抓着他的帽子。我的不安增加了……

　　这种版本的特点是相当明显的：一方面，它清晰明了，当一个人写作时，他处于一种固定的状态；他不仅仅是一个伏在稿纸上的精灵。当他沉思和写作时，在他周围发生这样或那样的事；比方说，这风，这路上飞扬的尘土，我从窗户都看见了（现在邮差转过身来了，深躬着身子，顶着风艰难地往前走着）。这第一版本是一个很好的让人精神为之一爽的版本；它允许读者舒缓一下，并传达个人的感受；这样，生活就趋向了故事——特别当这第一人称就像其他人物一样是杜撰的。嗯，问题是：这是写作行当的骗术，那些以写小说为生的商人手里老掉牙的破玩意儿，不适合我，因为我必须是严格的忠实的。

所以，我们再看第二种版本，它很快就描写一个新的人物，这样来开始这一章：

奥洛维乌斯不快乐。

当他不快乐、忧虑，或者对答案茫然不知时，他习惯于用手去拉他左耳长长的、围着一圈柔软短毛的耳根；然后，他还会去拉一下他右耳长长的耳根，以避免妒忌，从他那朴实无华的、老实人才使用的眼镜上瞧着你，沉默好长时间，终于答道："说起来挺沉，但我——"

对于他，"沉"就是"难"，[1] 德国人就是这么说的；他所说的俄语含有浓重的日耳曼口音。

这章开头的第二个版本是非常流行而有力的——但是太精致了，而且我也觉得对于羞涩忧郁的奥洛维乌斯来说，这样生气勃勃地开一章之头不太合适。我现在给你看我的第三个版本。

同时……（不断的逗引人的逗点，逗点，逗点。）

在旧日的时光，电影，也即影片儿，非常喜欢使用这种延宕的方法。你看见主人公做这做那，同时……逗点——镜头就摇向了乡间。同时……另起一段。

……在被太阳烤焦的路上跋涉，只要苹果树弯曲的粉刷过

----

1 德文中的"难"是 schwer，这个词同时有"沉重"的意思。

的树干沿着公路大步而来，他们就尽量在树阴底下走……

　　不，这是一个愚蠢的念头：他并不总是在流浪。也许哪个脏兮兮的富农会再需要个短工；也许哪个残暴的磨坊主会需要个帮手。我自己从来没当过流浪汉，过去不能——现在也不能——在我心灵的幕上将他活灵活现地呈现出来。我最想描述的是，五月的一个上午他在布拉格附近一片枯萎的草地上所获得的印象。他醒来了。在他身旁坐着一位衣着讲究的绅士，注视着他。一个快乐的念头闪过：也许会给我一支烟抽。原来是一个德国人。不断地（也许他脑袋有问题吧？）用他随身带的小镜子对着我；相当恼人。我猜想是关于相像的问题。得，我思忖，随它去吧，什么相像不相像。跟我毫无关系。也许他会给我个轻松的活儿干。问我的地址。天晓得由此会发生什么。

　　后来：一个温暖的漆黑的夜晚在一个谷仓里的对话："听我说，那是个怪人，那家伙我有一天见过。他认为我们两人一模一样。"

　　黑暗中传来哈哈大笑声："是你看来我们两人完全相像，你这老酒鬼。"

　　在这儿，引来了另一个文学技巧：模仿外国小说，而外国小说也是模仿来的，描写流浪汉快乐的生活，将他们描绘成善良的人。（我想，我使用的技巧将这一切融合了点儿吧。）

谈到文学，我没有什么不明白的。文学一直是我的兴趣所在。当我还是小孩时，我就赋诗，编织情节曲折的小说。我从不偷北俄罗斯农庄庄主温室里的桃子，我父亲是他的管家。我从不活埋猫。我从不扭比我弱的伙伴的手臂；但，正如我说的，我以绝对的决断赋深奥的诗和编织情节曲折的故事，毫无理由地讽刺我们家认识的人。但是我不将这些故事写下来，我也不告诉别人。我没有一天不说谎话。我激情地忘我地说谎，就像夜莺吟唱，沉浸在自己创造的新生活的和谐里。就为了这些甜美的谎话，我母亲打了我耳光，我父亲用牛筋鞭抽我。那一点儿也不会让我难受；正相反，那反而使我的幻想更为丰富。当耳根还在发热，屁股还在发烫时，我会趴在果园高高的芦苇中，吹口哨，编织幻梦。

在学校俄文作文中，我总是得最低分，因为我对俄国和外国经典作品自有一套自己的想法；譬如，用自己的话重编《奥赛罗》情节时，我便将那个摩尔人写成一个多疑的人，将苔丝德蒙娜写成一个不忠的人。

和一个嫖妓的人打赌赢来的脏钱使我拥有了一支左轮手枪；我在林中白杨树树干上用粉笔画丑陋的尖叫的白脸，然后，用手枪一个一个地把这些混蛋毙了。

我过去喜欢，现在仍然喜欢遣词造句，让词看上去显得羞涩而愚蠢，用双关语将词串联起来，将词兜底翻个个儿，然后下意识地将它们生造出来。这种庄严（majesty）中的调侃（jest）是什么呢？这种激情（passion）中的屁话（ass）是什么呢？上帝（God）和魔鬼（Devil）如何结合在一起而成为一只活生生的狗（live dog）呢？

有好几年，我被一个非常独特、非常糟糕的梦所困扰：我梦见我站在一个长长的走廊的中间，走廊的远处有一扇门，我心中充满了欲望，但不敢走去打开它，最终还是去了，打开了它；但马上惊叫着醒了，在那儿，我看到了不可想象的可怕的东西；也就是说，一间完全空荡荡的刚刷白的房间。就是这些，却那么可怕，我简直不能自已；有一个晚上，一张椅子和椅子拖曳的影子出现在空洞无物的房间里——那不是最初放置的家具，而好像是有人拿来爬高，安装布帘的。既然我知道我下一次会遇到什么人——他拿着锤子，嘴里放了一口的铁钉，我便将它们赶出去，从此再也没有开过那扇门。

十六岁上，我还在读书时，我比以往更勤地前往一家快乐而随意的妓院；在体验了所有七个姑娘之后，我将兴趣集注在胖胖的圆鼓鼓的波莉姆尼亚身上，我常常和她在果园的一张潮湿的桌上喝不少起泡沫的啤酒——我简直太喜欢果园了。

战争期间，正如我已经提到的，我在离阿斯特拉罕不远的一个渔村里闷闷不乐地度日，要不是书，我真怀疑我能否熬过那些糟糕的岁月。

我是在莫斯科（在经历了该诅咒的闹闹嚷嚷的内部纠纷之后，我神奇般地到达了那里）一所公寓里初次遇见丽迪亚的，那公寓属于我偶然认识的一个熟人，我住在那儿。他是列特人，沉默寡言，方脸，脸色白皙，平顶头，目光冰冷。他的职业本是拉丁语教师，但后来钻营成了重要的苏联官员。命运把几个素不相识的人塞进了这些住所，在那儿住着丽迪亚的另一个表哥，阿德利安的哥哥伊诺森，在我们分手之后，他不知因为什么理由被处决了。（老实说，这些叙述在第一章的开头写比在第三章的开头写要合适多了。）

　　勇敢，嘲弄一切，但内心痛苦

　　（哦，我的灵魂，你能不点亮你的灯吗？），

　　从你的上帝的门廊和上帝的果园

　　为什么要前往大地和黑夜呢？

我自己的，自己的！这是我年轻时对我喜爱的没有意义的声音做的试验，这是与我共饮啤酒的情人——或者在波罗的海地区所说的"傍肩儿"所激发的诗……现在，我想知道一件事：那

时，我是否具有所谓的犯罪倾向？我阴暗而沉闷的青春期是否制造出了一个天才的违法分子？或者说，我也许只是行走在我梦里普通的回廊上，发现房间空空如也，我时不时惊叫起来，然后在一个难忘的日子，发现房间不再是空荡荡的了？是的，在那时，一切都得到阐释，一切都合法化了——在此之前，我渴望去打开那扇门，我所玩的那些奇怪的游戏，我对虚伪的追求，对胡编谎话的喜好，都显得漫无目的。赫尔曼发现了他的另一个自我。正如我有此荣幸告诉你的，这发生在五月九日；七月，我访问了奥洛维乌斯。

我做出的、现在正在迅速执行的决定得到他完全的支持，何况我正在依顺的是他的一个旧日的劝告。

一星期后，我请他吃饭。他将餐巾的一角斜塞进领子里。喝汤时，他表达了对政治动向的不满。丽迪亚快活地问他是否会打仗，和谁打仗？他从镜片上面瞧了她一眼（这多少就像你在本章开头时遇上的一瞥），沉默了一会儿，最后答道："说起来挺沉，但我想最好别去想战争。当我年轻时，我只想最好的事情。"（他将"好"说成"害虫[1]"，将用嘴唇发的辅音发得那么重浊。）"我一直这么想。对于我，最重要的事情是要乐观。"

"按你的职业来说，要乐观再容易不过了，"我微笑着说。

---

1 英文原文里"最好"是 best，"害虫"是 pest。

他俯身向我，用相当严肃的口气说：

"但正是悲观主义给了我们顾客。"

没料到，晚饭结束时送来了盛在杯子里的茶。因为莫名的理由，丽迪亚觉得这样来结束一顿饭是非常聪明而适当的。无论如何，奥洛维乌斯是满意的。带着一种沉思而忧伤的表情，他给我们讲他住在杰尔普特[1]的老母亲，举起茶杯，像德国人通常做的那样，将杯子里的残茶晃一晃——也就是说，不用调羹，而是靠手腕转圈的力量——这样，不会浪费沉在杯底的糖。

对我来说，和他的公司签协议，说来怪怪的，既模模糊糊而又毫无意义。就在那个时候，我变得非常消沉，沉默寡言，恍恍惚惚；即使我的极不善于观察的妻子也觉察到我的变化——特别是在那严重的意识分裂之后，做爱也成了我一件乏味的日常差使了。有一次，在半夜（我们都醒着躺在床上，尽管大开着窗户，卧室里还是闷热异常），她说：

"你看上去劳累过度了，赫尔曼；八月，我们到海边去。"

"哦，"我说，"不光是这个，整个城市生活都叫我厌烦得要死。"

她无法在黑暗中见到我的脸。一会儿，她继续说：

1　Dorpat，塔尔图的旧称，爱沙尼亚东部城市。

"瞧瞧爱丽莎姨——你知道我那个住在法国匹格南的姨，不是有匹格南这个镇吗，是不是？"

"是。"

"嗯，她不再住在那儿了，跟她嫁的法国老头到尼斯去了。他们在那儿有一座农庄。"

她打了一个哈欠。

"我的巧克力生意完蛋了，娘儿们，"说完我也打了一个哈欠。

"一切都会好起来的，"丽迪亚低声说，"你必须休息，就那样。"

"改变生活，而不是休息，"我说，佯装叹了一口气。

"改变生活，"丽迪亚说。

"告诉我，"我问她，"你喜欢我们住在一个安静而充满阳光的偏僻地方吗？如果我从生意场上退下来，你不认为对你是一种享受吗？比方说，像那种令人尊敬的靠债券利息生活的人，呃？"

"我愿和你住在任何地方，赫尔曼。我们会叫阿德利安也来的，也许还买上一条极大的狗。"

沉默。

"得，不幸的是我们哪儿也去不了。实际上，我破产了。

我想，那巧克力生意要被清算了。"

一个夜半的行人走过。砰！（Chock!）然后再是一声：砰！他大概在用手杖敲打路灯的柱子。

"猜猜这是什么：我的第一部分是那响声，我的第二部分是一个惊叹，当我离开人世，我的第三部分将成为我的前缀；我的整个儿是我的破产。"[1]

传来一辆过路汽车的平稳的嗞嗞声。

"嗯——你猜不出吗？"

我那笨蛋妻子已经睡着了。我闭上眼睛，转过身去，也想睡着；但不能。在黝黑中，出现了菲利克斯，下巴突出来，眼睛逼视着我，径自向我走来。当他靠近我时，他化掉了，我在我面前所见的只是他走来的那条漫长的空旷的大路。然后，在远处，出现了一个影子，一个人的身影，拿他的手杖敲打路边每一棵树干；他越走越近，我试图想看清他的脸……哦，下巴突出来，眼睛逼视着我——但是，他一靠近我，像原先一样消失了，或者更贴切地说，他似乎进入了我的身子，然后，穿了过去，仿佛我是一个影子似的；然后，正如期望的那样，那条大路伸展在眼前，又出现了那身影，那是他。

1　这是一个英文字谜。原文为："Guess: My first is that sound, my second is an exclamation, my third will be prefixed to me when I'm no more; and my whole is my ruin."

我转身到另一边，有一会儿，一切都黑暗而平和，没有任何干扰的黝黑；渐渐地，一条路呈现出来：同样的路，但倒了个个儿；陡然间，在我的面前，出现了一个人的后脑勺和他肩膀上的背包，仿佛是从我身上分离出来的似的；他的身影渐渐地变小，他走远了，远了，一刹那间消失了……突然间，他停住了，往回望，沿着原来的步子走回来，这样，他的脸越来越清晰；那是我的脸。

我又转身，这次是仰卧着，仿佛通过一块黑色的玻璃，看见我上面是一片漆成蓝黑色的天空，在黑檀树树丛之间的一片天空，两边的黑檀树在缓缓退去；但当我扑面躺着时，我瞧见一条乡下道路的卵石和土在我下面移动，掉落的干草屑，一辆生锈的手推车，装满了雨水，在那风吹起涟漪的小水塘里有我的滑稽的脸相；我惊讶地发现那张脸没有眼睛。

"我总是最后才画上眼睛，"阿德利安自我赞许地说。

他伸开手拿着那张画着我的炭画，低头这样瞧那样瞧。他常常来，我们一般坐在阳台上。我现在有足够的闲暇了：我觉得我应该给自己一个小小的假日休息休息了。

丽迪亚也在，蜷曲地坐在一把藤椅里，手里拿本书读；一个掐了一半的烟蒂（她从不将烟蒂掐灭）从烟灰缸中以顽强的生命力冒出一缕细细直直的青烟，时不时微微的风会让青烟低垂、颤动起来，然后又回复到往常直直细细的一缕。

"一点儿也不像，"丽迪亚说，尽管没有将眼睛移开书本。

"很快就会像的，"阿德利安答道，"我要去掉这鼻孔，会像的。今天下午光线太暗。"

"什么太暗?"丽迪亚问，抬起眼睛，用手指指着读到的地方。

读者，让我在这儿打断一下，因为在那个夏季我生活的另一个侧面值得你的注意。我一方面向你致歉，我的故事杂乱无章；另一方面我要重申，不是我在写，而是我的记忆，我的记忆自有它自己的任性和规则。所以，瞧我又到阿德利安湖边的森林中来徜徉了；这次我是独个儿来的，没有开车，而是坐火车（从科尼格斯道夫）和公共汽车（从那黄广告杆儿）来的。

从阿德利安一天留在我们阳台上的郊区地图上看，这地方的特点是非常明显的。让我们假设我在我面前展示这张地图；柏林城在图外的位置，想象在我的左肘旁边。在地图的西南角上，有一条铁路，像一条黑白相间的标尺，往北延伸，抽象地说，从柏林沿着我的袖管往袖口前行。我的手表是科尼格斯道夫，在那以外，黑白相间的丝带线转了个弯往东延伸，然后是另一个圈（我短大衣的下面的扣子）：埃肯伯格。

不过，没必要旅行到那么远的地方去；我们在科尼格斯道夫下车。由于铁路弯向了东方，与它并行的主路分岔开去，独自往北延伸，直奔瓦达村（我左手大拇指的指甲）。每天有三班车来往于科尼格斯道夫和瓦达之间（十七公里）；顺便说一句，正是在瓦达村，地产公司设立了它的总部；一座油漆得喜气洋洋的亭子，一面彩旗飘扬，无数黄色的路标：比方说，有一根指向"沐浴沙滩"，但根本就没有沙滩可言——瓦达湖的边上只有一块沼泽地；另一根指向"赌场"，但赌场也根本没有，只有一座看上去像临时帐篷的东西，里面有一个刚建立的咖啡摊；还有一根邀请你到"体育场"，在那儿，你肯定会发现刚竖起的复杂的体操用的玩意儿，有点像绞刑架，但也许还没有任何人使用这些玩意儿，只有一个村里的顽童在瞎玩，脑袋朝下，露出了屁股上的补丁；周围所有的方向都是地皮；有的卖了一半，星期日，你可以看到穿着游泳裤、戴牛角边眼镜的胖男人在认认真真地建造最原始的带有凉台的平房；有些地方，你甚至于可以看到刚种上的花卉，或者一座粉红色的厕所，厕所边上种着爬藤的玫瑰。

我们不会到瓦达那么远的地方去，乘公共汽车在科尼格斯道夫以外十公里，右手一根孤零零的黄色杆儿处下车。在公路东边，地图显示一大片标上点儿的地方：那是森林；在那儿，在森林的中心就是我们游泳的小湖，湖的西岸，像扑克牌一样扇形张开的是十几块地皮，其中只有一块是卖掉的（那是阿德利安的——如果你能说这是卖掉的话）。

现在，我们到了最精彩的部分。前面已经提到埃肯伯格车站，从科尼格斯道夫东行便到了那儿。我们在这里遇到了一个技术问题：一个人能否从阿德利安的湖区徒步走到科尼格斯道夫？回答是：能。我们应该从湖的南面绕过去，通过森林往东走。在森林里走十公里路，我们遇上一条乡间小巷，一头通向不知什么地方，那儿有农舍，姑且不去管它们，而另一头则通向埃肯伯格。

我的生活一团糟，但我还在这儿逗乐，变幻着聪明的细节描绘手法，玩弄着令人亲切的代词"我们"，向旅游者、农舍的主人、自然的爱好者、绿蓝斑斓的迷人的色彩眨眼睛。请对我有一点儿耐心，我的读者。我们马上要做的徒步旅行将给你丰厚的回报。这些与读者的对话也太愚蠢了。戏剧旁白。意味深长的嘘声："轻一点儿！有人来了……"

那次的徒步旅行。公共汽车在黄杆儿处把我放下。三个穿着圆点花纹黑衣服的老女人上了车，公共汽车又开上了它的固有的路；一个穿丝绒背心的人，手里拿着镰刀，包在麻袋布里；一个小姑娘扛着一个大包裹；一个男人，尽管天那么热，却还穿着大衣，膝盖上放着一个瞧上去沉甸甸的旅行袋：很可能是一个兽医。

在大戟草丛中，我发现了车轮的痕迹——我的车轮的痕迹，我们好几回开车经过这儿。我穿着打高尔夫球时穿的灯笼裤，或者如德国人称谓的"喇叭裤"。我走进了森林。我在我和我妻子有一次等待阿德利安的地方停下来。在那儿我抽了一支烟。我瞧着那喷吐出的缕缕青烟，缓缓地在空中伸展开来，仿佛被一个魔鬼的手指席卷起来，然后便消散得无影无踪了。我感到喉咙里一阵抽搐。我走到湖畔，在沙粒中发现被揉皱了的黑色和橘黄色的胶卷包装纸片（丽迪亚一直在给我们拍照）。我沿湖的南端转了一圈，然后穿过浓密的松树林径自往东走去。

跋涉了一小时，我走出森林，来到了乡间道路。沿着这条路，我又走了一小时，便到了埃肯伯格。我乘上了一辆慢车。我回到了柏林。

我在森林里进行了好几次这种单调的跋涉，从没见一个人影。阴沉，深深的沉寂。湖畔的土地根本销售不出去；事实上，整个事情进行得非常糟糕。当我们三人每每在那儿游泳时，整个一天我们完全处于孤独之中，如果身体有这个欲望的话，我们可以赤裸裸地游泳；这使我想起，有一次，在我的命令下，吓得半死的丽迪亚脱掉了她的游泳衣，脸上泛着漂亮的红晕，神经质地咯咯笑着，光溜着身子（她肥肥的大腿紧紧地夹在一起，几乎站不住）站着让阿德利安画肖像画，而阿德利安突然为什么事发起火来，也许是因为自己缺乏才能，他突然停止了作画，走了开去，去寻找可食用的伞菌了。

至于我的肖像画，他一直顽强地坚持着画到八月，在那个月，由于他不能用炭笔老老实实地苦苦地画，便换上了小巧而奸诈的蜡笔。我做出了时间限制：他完成画的日子。终于有一天画装上了散发梨汁香味儿的画框，丽迪亚给阿德利安二十德国马克，为了显得优雅，她将钱装进了一个信封。那晚我们有客人，奥洛维乌斯也在，我们大家都站着在惊叹；惊叹什么？惊叹我的令人厌恶和恐怖的脸。我不知道为什么他不给我的脸颊描上水果色的光彩；那脸颊就像死人般苍白。瞧上去，压根儿就没有相像的地方！譬如说，那眼角的绯红点儿，或者那翘起的张牙舞爪的嘴唇下面露出一点儿的上犬牙，多么可笑啊。所有这些——在一个壮阔的背景下，暗示着可能是几何图形或者绞刑架……

奥洛维乌斯的近视近乎一种傻气，他尽量凑近画，将眼镜往额头上推去（他为什么要戴眼镜呢？它们只是一种妨碍），半张着嘴，纹丝不动地站在那儿，对着画喘气，仿佛他要把它一口吃掉似的。"现代风格，"他以厌恶的口气滔滔不绝地说，将画传给下一个人，那人也开始用同样的一本正经的样子端详起画来，虽然这只是一幅普通的印刷画，每一个柏林家庭都会有的画：《死亡之岛》。

现在，亲爱的读者，让我们想象在一个一般的房子六楼一个狭小的办公室。打字员走了；我一个人待着。窗户里出现了飘浮着云朵的天空。墙上，一个日历显示一个黑色的九，像一头公牛的舌：九月九日。桌上躺着时日的忧虑（以债主的信为伪装），在这些忧虑中兀立着一个象征性的空空如也的巧克力盒子，还有背叛了我的穿紫色衣服的女人。周围阒无一人。我掀开打字机的罩子。一切都静悄悄的。在我袖珍日记本里（从此以后毁掉了），一个半文盲的人写的一个地址。通过那令人发抖的棱镜，我能见到一撮紧皱的蜡般的眉毛，一只肮脏的耳朵；低垂着头，一朵紫罗兰从一个纽扣孔垂下来；一只指甲脏兮兮的手抓着我的银杆铅笔。

我记得，我摆脱了那麻木不仁的状态，将那小本儿放回我的口袋，拿出钥匙，正准备锁上门离去——正准备离去，但在过道里停住了，心怦怦直跳……不，不可能离去……我回到房中，在窗户旁站了一会儿，瞧着对面的房子。那儿灯已经亮了，照着账本，一个穿黑色衣服的男子，一手搭在背后，正来回踱步，可能在给一位我看不见的打字员口述什么。他时不时出现在我眼前，有一次，他甚至在窗户那儿停下来思考什么，然后，又转过身去，做口述，口述，口述。

太无情了！我打开灯，坐下，手按着我的脑门。突然，电话铃发疯般响了起来；但那是一个打错了的电话——电话号码拨错了。一切又恢复了沉寂，除了雨滴的淅沥声在催促着夜晚的来临。

四

"亲爱的菲利克斯，我为你找到了一份工作。首先，我们
必须有一场眼睛对眼睛的独白，把事情处置了。由于我正要去
萨克森办事，我建议你在塔尼兹和我见面，我想塔尼兹离你目
前所在的地方不太远吧。请速让我知道我的计划是否适合你。
如果适合，我将告知你见面的具体日子、时间和地点，并给你
寄路费。我所过的动荡的生活不允许我有固定的地址，所以你
最好在信封上写上'邮电局'（随后是一家柏林邮电局的地址）
和'阿德利安'。暂时再见。我希望听到你的回音。"（没有
签名。）

现在信就摊放在我的面前，这封我在一九三〇年九月九日
写的信。我不记得"独白"是一时疏忽还是一个玩笑。文字是
打在一张质地很好的、蛋壳蓝色的笔记本纸上，纸还有护卫舰
作为水印；但现在纸角令人遗憾地沾了油迹，变脏了；也许是
他的手印吧。看来我是收信人——而不是寄信人。得，信可能
在路上走了很长时间，难道他或者我就不改变地址吗？

我还有两封写在同样的信笺上，但所有的回信都被毁了。

如果它们仍然在我手上的话——如果我还保存它们的话，比方说，还保存那封十分愚蠢的、非常适时的冷淡的回信的话，我将这封回信（然后像毁掉其他信一样地把它毁了）给奥洛维乌斯看了，那我现在就有可能用书信体来叙述了。那是在过去获得巨大成就的体裁。埃克斯寄给瓦埃的信："亲爱的瓦埃"——在上面你会找到日期。信件来来往往——就像在球网上丁丁冬冬飞来飞去的球。读者很快就不会注意什么日期；对于读者，一封信是写于九月九日还是九月十六日有什么干系？但不管怎么样，日期可以保持幻想。

就这样，埃克斯写信给瓦埃，瓦埃写信给埃克斯，一页复一页。有时候，一个叫泽德的外人掺和进来，对信函的来往做出他小小的贡献，他这样做完全是为了向读者（在这时，不瞧读者，除非偶尔瞥上一眼）澄清某件事实，因为埃克斯和瓦埃都无法，即使似是而非什么地解释这些事实。

他们也慎重地写：写上所有这些"你还记得当——"（接着是详细的回忆）之类的词句，倒不是为了唤起瓦埃的记忆，而是为了给读者以必要的参考——因此，总的来说，效果相当滑稽，正如我说过的，那些工整书写的完全没有必要的日期却特别地有趣。当泽德突然介入拿着一封写给他自己的信（正如这类小说所暗示的，这个世界是由通信组成的），告诉他埃克斯和瓦埃的死亡或他们幸运的结合中的什么事，读者会发现他更乐于读税务官员最公事公办的信函，而不愿读所有这些东西。我总是以超众的幽默感而闻名遐迩；由于极佳的想像力，它们自自然然地奔涌而出；缺乏机智的想象便很可悲了。

有一阵子。我将那封信重打下来，后来信不见了。

我能继续打下去；信溜到桌子底下去了。

一星期后，回信来了（我到邮电局去了五次，神经紧张极了）：菲利克斯告诉我他感谢我，接受我的建议。正如没有受过教育的人写的信那样，信的语调与他平时交谈时的语调完全不一样：他的信读起来让人听到一种颤抖的假声，间杂着明显而空洞的停顿，而在现实生活中，他的嗓子是一种自得其乐的男中音，男中音每每降到教训人的男低音去。

我又给他写信，这次在信中附了一张十马克的钞票，约他十月一日下午五点钟在塔尼兹火车广场左边起始的大道终端一座铜骑马像附近见面。我既记不得那骑马像上的骑马人是干什么的（我想是一个俗不可耐而平庸的 Herzog[1]），也不记得大道叫什么名字，但是，有一天，当我坐着一位商务上认识的人的车经过萨克森时，我们在塔尼兹堵车堵了两个小时，我的伙伴打他的复杂的电话；由于我的记忆具有一种照相的功能，我拍

1　德文，公爵。

下了那条街，那座铜像和其他的细节——真的，一幅非常小的照片；如果我知道放大它的方法的话，人们也许还能辨认出街上商店的招牌呢，因为我那种机能的质量极高。

我九月十六日的信是手写的：收到对我九月九日的信的回信我非常激动，我在邮电局草草地写了这封信，等不及去找一架打字机了。何况，我也无需特别为我的几个手写体中的任何一个而感到羞耻，我知道我最终将可以证明我就是那收信人。信寄走之后，我感到一片紫色的、厚厚的、红色叶脉的枫叶从树枝上缓缓飘落到小溪里时可能有的感觉。

十月一日之前几天，我和妻子碰巧散步走过动物园；我们在一座人行小桥上停住步来，手肘靠在桥的栏杆上。我们欣赏着桥下静静的水面上准确地（当然如果忽视原物的话）映着公园树林多彩的秋色，蔚蓝的水晶般的天空，河边女儿墙的黑黝黝的轮廓和我们俯身的脸形。当一片树叶缓缓飘落，在河水朦胧的深处便不可避免地出现它的重影，轻轻地扑动着去迎接那飘落的叶子。它们的会面是悄无声息的。树叶旋转着飘坠下去，与它完全一样的、美丽的、致命的影子便急切切地旋转着向着它浮上来，与它相见。我无法将我的眼神从这些命定的会面移开。"喂，"丽迪亚说，叹息了一声。"秋天，秋天，"待了一会儿，她说，"秋天，是的，秋天了。"她已经穿上了豹皮花斑的皮大衣了。我缓步走在她后面，用手杖戳进落叶中。

"在俄罗斯，现在该多美啊，"她说（早春和晴朗的冬日她也会说同样的话：只是夏季对她的想像力没有任何作用）。

"……世界上并无幸福……但有宁静和自由，但……我早已渴望了解那令人羡慕的命运了。早就渴望了，困顿的奴隶——"

"喂，困顿的奴隶。我们吃饭早了点儿。"

"……一直想着逃亡……丽迪亚，你也许会发现没有柏林，没有阿德利安的胡说八道，生活会很沉闷？"

"啊，不。我也想到个什么地方去……阳光，海浪。一种美好的舒适的生活。我真弄不懂你为什么把他批评得这么厉害。"

"……是时候了，亲爱的，是时候了……心灵要求休憩……哦，不，我不是在批评他。顺便说一下，我们要那魔鬼般的肖像画干什么？那绝对是一个刺眼的玩意儿。时光日复一日地飞逝……"

"瞧，赫尔曼，骑马的人。我肯定她自认为是一个美人儿，那女人。哦，来吧，走过来。你拖在后面，就像一个闷闷不乐的孩子。真的，你知道，我很喜欢他。我很长时间一直在想给他一笔钱，让他到意大利去旅行。"

"……那令人羡慕的命运……我一直……如今，意大利也帮不了一个蹩脚的画家多少忙了。曾经有过那样的时光，很久以前了。我这困顿的奴隶，一直……"

"你瞧上去好像睡意蒙眬，赫尔曼。让我们振作起精神吧。"

我现在想非常坦率：我并没有特别想休息的经验；只是最近这成了我和妻子经常性的话题。只要我们两个人单独待在一起，我就非常固执地将话题转向正如普希金的诗说的"纯粹的欢乐的处所"。

同时我不耐烦地历数着日子。我将约会都推迟到十月一日了，因为我想给自己一个改变想法的机会；今天，我不由想道，如果我改变了想法，没去塔尼兹的话，菲利克斯可能还在那铜公爵雕像周围踯躅，要不就躺在附近的一条长凳上，拿着他的手杖从左到右，又从右到左，像每一个拿着手杖有闲暇的人一样，在土地上划着彩虹般的弧形（这永恒的将我们羁绊起来的圈，我们都被套在它的牢狱里！）。是的，就因为这样，他才能仍然坐到今天，我才能怀着极度的痛苦和激情不断地想到他；一颗巨大的发痛的牙齿，没有任何东西可以将它拔出来；一个人不能拥有的女人；由于是在特殊的梦魇里，一个地方总是令人痛苦地无法达到。

在我行将离去的前夕，阿德利安和丽迪亚显示出耐心，而我在房间里踱来踱去，在所有的镜子里审视自己。那时，我与镜子的关系还挺好。在这最后的两星期中，我让我的唇髭长了起来。这使我的面容变得更糟糕了。在我的没有血色的嘴唇上长出一个红褐色的疙瘩，在中间有一个淫秽的小缺口。我有一种感觉，这疙瘩是粘上去的；有时候在我看来，有一个多刺的小动物待在我的上唇。在夜里，半睡半醒之间，我会突然抓我的脸，我的手指找不到那疙瘩。所以，正如我说的，我踱来踱去，抽着烟，这一楼层每一个玷污的灵魂，以他充满疑虑和严肃的眼神瞧着我，一个匆匆忙忙地制造出来的人。阿德利安穿着一件蓝色的衬衣，戴一条假苏格兰领带，啪地甩着一张又一张扑克牌，像一个小酒馆里的赌徒。丽迪亚斜坐在桌边，一条大腿搭在另一条大腿上，裙子撩到长统袜之上，下嘴唇往外撅起，将青烟往空中吹去，眼睛盯着桌上的扑克牌。那是一个漆黑的喧闹的夜晚；每五秒钟广播电台大楼的苍白的光柱就会扫过屋顶；一种光的抽搐；一个旋转的探照灯的轻微的疯癫。从浴室微开的狭窄的窗户传来院子对面窗户里广播员甜蜜的声音。在餐室，灯照亮我的可怕的肖像画。穿蓝色衬衣的阿德利安甩着扑克牌；丽迪亚手肘撑在桌上；烟灰缸里冒出青烟。我走到阳台上。

"把门关上——有过堂风，"从餐室传来丽迪亚的声音。一阵大风让星星眨眼、抖动。我回到了室内。

"我们的漂亮人儿到哪儿去？"阿德利安问，没有对着我们两个中的任何一个人。

"到德累斯顿去了，"丽迪亚答道。

他们在打杜拉契基牌戏，一种骗戏。

"向罗马教皇西斯廷致以我最仁慈的敬意，"阿德利安说，"不，我恐怕压不住那牌。让我瞧瞧。出这张牌。"

"他最好上床去睡觉，他太困倦了，"丽迪亚说，"喂，你没有权利摸这副牌，这不老实。""我不是故意的，"阿德利安说，"别生气，小妞儿。他去很长时间吗？"

"还是这张牌，安迪亲爱的，还是这张牌，你还是压不住。"

就这样他们继续了好一阵，有时谈论扑克牌，有时谈论我，好像我没在房间里，好像我只是一个影子，一个阴魂，一个麻木的人；他们开玩笑的习惯，以前我并不在乎，而现在在我看来似乎充满了含意，似乎存在的只是我的影子，而我真正的身体则在遥远的别处。

第二天下午，我在塔尼兹下车。我拎着一只手提箱，手提箱让我觉得别扭，因为我属于那种厌烦提东西的阶级；我喜欢的是在我闲逛时，炫耀我的鹿皮手套，舒舒服服地伸展我的手指，自自在在地甩动我的手臂，亮出我的亮闪闪的穿戴入时的脚尖，对我的脚，鞋是小了点儿，但鼠灰色的鞋罩却非常漂亮，鞋罩和手套在使一个男子具有成熟的优雅风度方面有同样的功能，那种优雅的风度无异于高级旅行物品所显示出的高贵身份。

我喜欢卖箱子的商店，那儿有一股好闻的味儿，发出吱吱嘎嘎的声音；防护布下猪皮的贞洁；我有点儿离题了，离题了——也许我故意想离题的……没关系，让我们继续下去，我在哪里？是的，我下定决心要将我的包留在旅馆。什么旅馆？我穿过广场，到处张望，不仅想找旅馆，而且想回忆这地方，我曾经有一次经过那儿，记得远处的大道和邮电局。但我没有时间回忆。陡然间，我的视野中充满了一家旅馆的招牌、这家旅馆的大门、门两旁在绿色花盆里长着月桂树……但那些暗示奢侈的东西却原来是一种骗局，只要你一走进去，你就会被厨房传来的恶臭熏倒；两个毛茸茸的笨蛋在酒吧喝啤酒，一个老迈的侍者蹲着，舞动一条夹在腋下的餐巾的一角，逗弄一条肥肥的肚皮白白的小狗在地板上打滚，小狗也在摆动它的尾巴。

我要一间房间（申明我弟弟可能来和我同住），于是就得到了一间很大的房间，有两张床，在一张圆桌上放着一只圆玻璃瓶，里面盛着死水，就像在化学实验室似的。侍者走了，我多少有点儿孤孤单单地站在那儿，耳中轰鸣，心中充溢了一种奇异的惊讶的情绪。与我一模一样的那个人也许已经像我一样，也在这城里了；也许正在那城里等待着；这样，我由两个人代表着。要不是我的唇髭和衣服，旅馆的职员也许——但也许（我继续想着，从一个思想跳到另一个思想）他的容貌改变了，现在已经不像我了，我白来了。"哦，上帝！"我用力喊道，我自己也不明白我为什么要这样说；难道我整个生命的意义不就在于拥有一个活生生的影子吗？为什么我要提到一个并不存在的上帝的名字呢，为什么在我的心中闪过那愚蠢的期望，希望我的影子改变了呢？

我走到窗前，往外看：那儿有一个荒凉的院子，一个肩膀浑圆、头戴绣花便帽的鞑靼人在给一个胸脯饱满的赤脚女人看他的一张蓝色小地毯。我认识那女人，我也认出了那鞑靼人、院子的一角长着的一丛芦苇、席卷着尘土的旋风、从里海吹来的柔和的风，以及那已经倦于整天瞧着渔场的苍白的天空。

这时，有人敲门，一个女侍者走了进来，手中拿来一只我要的枕头和便壶，当我重又回到窗户边，不复再是我见的鞑靼人了，而是一个当地卖裤子背带的小贩，那女人也不见了。在我瞧的当儿，又开始了融合和积聚记忆的过程，又开始了建立固定的回忆的过程；又重现了院子角落的芦苇，芦苇在生长，在聚合，又见到那红发的克丽斯蒂娜·福斯曼，我是在一九一五年通过肉体的接触认识她的，她在用手指触摸鞑靼人的地毯，尘土飞扬起来，我看不见核心在哪儿，核心周围聚集了所有那些东西，细菌、源泉就在那儿——我倏然间瞧见盛死水的玻璃瓶，上面写着"温"——就像在找东西游戏中那样；我也许能最终找到那件细小的东西，我不经意地注意到那细小的东西能立刻将我的记忆发动起来（或者我其实不应该找到它，就简单的非文学的理由来说，在那外省的德国旅馆房间里，甚至那风景，都隐隐约约丑陋地与许多年前的俄罗斯相像），这时，我想起了我的约会；我戴上手套，匆匆走了出去。

我沿大道走去，经过邮电局。一阵狂风吹来，将树叶吹落，在街上追逐着树叶——快走，跛子！——斜着穿过大街。尽管我非常急躁，但仍然像往常那样观察着，留意行人的面容和裤子，留意电车，跟柏林的相比，它们好像玩具似的，留意商店，一顶巨大的礼帽画在一面灰泥剥落的墙上，留意招牌，一家鱼店的招牌：卡尔·斯比埃斯，让我想起我过去曾经住过的伏尔加小村的、我认识的卡尔·斯比埃斯，他也是卖烤鳗鱼的。

我终于到达街的尽头，我看见铜马前蹄扬起，尾巴作支撑，像一只啄木鸟，如果骑马的公爵张开他的手臂再多使点儿劲，那么，这昏昏暮色中的整个纪念碑就像是彼得大帝创立的城市里的他的雕像。在一条长凳上，一位老人从纸袋里拿葡萄吃；在另一条长凳上坐着两位年迈的妇女；一位极其肥胖的病病歪歪的老女人斜躺在一把轮椅里，听着她们聊天，她圆圆的眼睛极度地兴奋。我在雕像周围绕了两三圈，瞧那在后蹄下盘绕的蛇，那拉丁的传说，那过膝的带有靴刺黑星的长统靴。对不起，那儿其实并没有蛇，我的幻想来自彼得沙皇——不管怎么样，彼得沙皇的雕像穿着半高统靴。

我坐到一条空着的长凳上（一共有六条长凳）瞧我的表。五点过三分钟。麻雀在草地上欢跳。在一个可笑的扭曲的花坛里长着世界上最肮脏的花：紫菀。过去了十分钟。不，我太激动了，我不可能再坐在那儿了。我把香烟都抽完了，我发疯般想抽烟。

我走进了一条小街，经过一座黑色的清教教堂，教堂似乎很古老的样子，像个烟草店。我走进去之后，自动钟不断地敲打，因为我没有把门关上："是否可请您——"一个站在柜台后面的戴眼镜的女人说，我往后退一步，将门砰然关上。教堂上面挂着阿德利安的静物画作：一只画在绿布上的烟斗，两朵玫瑰。

"怎么您——？"我笑着问。她开始不太明白，后来答道："我外甥画的——我的外甥最近死了。"

啊，我真该死！（我想。）难道我没有在阿德利安的画作中看到非常相似的东西，如果不是完全相同的话？啊，我真该死！

"哦，我明白了，"我大声说，"您有——"我说了我平时抽的烟的牌子，付了钱，走了出来。

五点二十分。

不敢回到那旅馆的房间去（给命运一个改变计划的机会吧），心中毫无感觉，既不觉得痛苦，也不觉得宽释，我在小街上走了好长一段时间，离那雕像越来越远，每走两步，我便停住点烟，但风不断地吹灭我的火，直到我找了一座门廊，摧毁了风[1]——一个多么妙不可言的双关语！我站在门廊下，瞧着两个小女孩玩弹子戏；两人轮流着滚彩虹色的弹子，有时弓身用指背将它弹出去，有时用双脚夹住那弹子，嘣地一跳，将它扔将出去，她们最终要将弹子滚进一棵双干的白桦树下的一个小洞里；在我站着瞧那聚精会神的默默的琐碎的游戏时，我发现我在想菲利克斯不可能简单地因为他是我想象的产物而来到这儿，我的想象总是在热切地追求回忆、复现和面具，我在想我待在一个迢远的小镇是荒唐而谬误的。

我还记得那小镇吗——很奇怪，我感到困惑：小镇非常令

---

1 "摧毁了风"，原文是 blasting the blast，而 blast 当名词用的时候作"风"或"大风"解，当动词用的时候既可作"送风"解又可作"摧毁"解。

人不快地回响着我在许久以前看见的东西，我还要描述小镇的具体细节吗？在我看来，那小镇似乎是用我往日的某些记忆的废料建成的，因为我发现小镇中有些东西对于我非常神秘地熟稔：一座淡蓝色的低矮的房子，我在圣彼得堡的近郊见过这同样的房子；一座旧衣店，那儿挂着我业已死亡的熟人的西装；一座街灯的号码（我总是喜欢注意街灯的号码）和我在莫斯科住的房子前面的街灯号码完全一样；靠近同样光秃秃的有同样枝杈树干的围着铁皮的桦树（啊，正是那驱使我瞧街灯号码）。如果我愿意的话，我还可以举出更多这类的例子，有些非常微妙，于是——我该怎么说呢？……非常私密，读者可能不能理解，我总是像一个称职的护士一样宠爱我的读者。我也不能确定上面所说的现象的特殊性。每一个有敏锐感觉的人都会对他以匿名手法复述的以往生活的片段很熟悉：对细节进行真真假假的处理，有一种令人恶心的抄袭的痕迹。让我们把它们留给命运的良知去判断吧，让我们怀着一颗颓丧的心，勉强再回到街尽头的纪念碑吧。

那老人吃完了葡萄，走开了；那快要死于水肿的女人给推走了；在那儿，只有一个男人，他就坐在我刚才坐的长凳上。他微微弓身向前，双膝分开，正在给鸽子喂面包皮。当我一瞥见他的不经意地靠放在左腿边长凳上的手杖，那手杖缓缓地活动起来；那手杖在沙石路上啪啪啪——往下滑去。麻雀惊飞起来，转了一圈，停栖在附近的矮树丛上。我注意到那男人朝我转过身来。

你是对的，我聪明的读者。

五

　　我将眼睛瞅着地面，用我的左手摇动他的右手，一边捡起掉在地上的手杖，和他一起坐到长凳上。

　　"你迟到了，"我说，没有瞧他一眼。他大笑起来。我仍然没有瞧他，将我的大衣纽扣解开，脱下帽子，用手掌摸了一下脑袋。我觉得浑身发热。风在疯人院里止住了。

　　"我马上认出了你，"菲利克斯用一种急于奉承的傻乎乎的狡黠的神情说。

　　我在瞧我手中的手杖。那是一根结实的历尽风霜的手杖，椴木上有刻痕，上面清清楚楚地镌刻着主人的名字："菲利克斯某某"，下面是日期和村名。我将手杖放回到长凳上，脑子里闪过一个念头，这恶棍是徒步走来的。

　　我终于斗胆去瞧他。但我还没有去直视他的脸；正如人们在银幕上所见的摄影师逗弄观众的手法，我先从他的脚开始，然后往上看去。首先是硕大的蒙满灰尘的鞋，厚厚的袜子，脚脖子那儿脏兮兮的，发亮的蓝裤子（灯芯绒裤子，看来已破旧不堪），一只手拿着干面包皮。一件蓝色的大衣，里面穿着深灰色的圆领毛衣。再往上，是我熟稔的软领子（相对而言，较为干净）。我在那儿打住了。我应该不去看他的脑袋，还是继续将他看完呢？我用手遮住眼睛，通过我的指缝瞧他的脸。

有一阵，我有一种印象，所有这一切都是幻觉，都是妄想——他，那个笨蛋，不可能和我一模一样，他的眉毛翘起，斜瞅着，仿佛在期待什么似的，一副茫然的样子，不知道该装出什么样的脸容——为了谨慎起见，我也将眉毛翘起。正如我说的，有一阵，我觉得他像我，就像任何人可能像我一样。但是，麻雀已不再害怕，它们又飞了回来，有一只麻雀还蹦跳到离我很近的地方，这使他的注意力移到别的地方；他的脸容又恢复到平时的位置，我又重新见到五个月前那吸引我的令我惊讶的东西。

他往麻雀那儿扔一把面包屑。最近的那只麻雀慌慌张张啄了一口，面包屑弹跳了起来，被另一只麻雀啄了去，那麻雀接着便飞走了。菲利克斯又一次转向了我，像原来一样，一脸的期待和畏畏缩缩的顺从。

"那只麻雀什么也没得到，"我说，指着远处的一只小麻雀，它正无助地啄着地皮。

"它太小了，"菲利克斯说，"瞧，它的尾巴还没长齐呢。我喜欢小鸟，"他接着说，令人作呕地咧嘴笑一笑。

"打过仗吗?"我问;我清了好几次喉咙,我的声音嘶哑了。

"打过,"他答道,"两年。为什么问这个?"

"哦,没什么。怕被杀了,怕得要死,呃?"

他眨眨眼,带着一种模模糊糊的躲避的口吻说:

"每一只老鼠都有窝,但不是每一只老鼠都会从窝里走出来。"

在德语的原文里,最后一个词是押韵的;我已经发现他对毫无风趣的谚语有爱好;费脑筋去琢磨他到底想表达什么思想是没有用处的。

"就这些啦。没有啦,"他对麻雀说,像一种旁白,"我也喜欢松鼠,"(又是那眨眼)"森林里充满松鼠是很好的。我喜欢它们就因为它们跟地主对着干。还跟鼹鼠对着干。"

"那麻雀呢?"我用非常优雅的口气问,"像你说的,它们跟什么'对着干'吗?"

"在鸟类中,麻雀是乞丐——真正的流浪乞丐。乞丐,"他不断地重复,两手依靠在手杖上,轻轻地晃动身子。显然,他自认为是一个机敏的辩论家。不,他不仅仅是一个笨蛋,而且是一个忧郁型的笨蛋。甚至他的微笑也是阴沉的——让人瞧着恶心。但我还是一个劲儿地瞅他。瞧着我们之间的相像性因为他脸上表情的变化而走样，真是十分有趣。我想，到了老年，他的微笑和做的鬼脸会使我们之间的相像性完全消失，而现在，当他的脸容凝然不动时，这种相像性是如此完美。

赫尔曼（戏谑地）说："啊，你是一位哲学家，我看得出来。"

这似乎使他有点不悦。"哲学家是有钱人制造出来的，"他以强烈的信念反对道，"还有所有其他的一切也都是制造出来的：宗教，诗歌……哦，姑娘，我多么痛苦，哦，我可怜的心！我不相信爱情。现在，友谊——那是另一回事儿。友谊和音乐。

"我会告诉你一些事儿的，"他继续说，将手杖放在一边，怀着热情对着我说，"我喜欢一个在任何时候都能和我共享他的面包的朋友，他会赠我一片土地，一座农舍。是的，我喜欢一个真正的朋友。我会给他当园艺匠，然后他的花园就是我的了，我会永远以感激的眼泪记住我死去的同志。我们一块儿拉小提琴，或者，比如说，他吹横笛，我弹曼陀林。但是女人……现在，事实上，你能说出一个不欺骗她丈夫的女人的名字吗？"

"所有你说的对极了！对极了。听你谈话真是一种快乐。你上过学吗？"

"上过很短的一个时期。在学校里能学到什么？什么也学不到。如果一个人是聪明的，课程对他有什么用？最主要的东西是自然。比如，政治不能吸引我。一般地说来……你知道，这世界只是尘土而已。"

"一个非常合乎逻辑的结论，"我说，"是的——你的逻辑非常严密。非常令人惊讶。现在，喂，聪明人，把我的铅笔还我，快。"

这使他霍地坐起来，使他进入我期望的心境之中。

"你把它忘在草地里了，"他困惑地嘟嘟囔囔地说，"我并不知道我是否还能再见到你。"

"偷了铅笔，把它卖了！"我高喊——甚至跺起脚来。

他的回答是出色的：起先，他摇头，否认偷窃，继而立刻点头承认这买卖。我相信在他身上凝聚了人类所有的愚蠢。

"去你的，"我说，"下次小心点儿。得，不管怎么样，让过去的过去吧——抽支烟。"

见到我的愤怒消退，他松弛了下来，也有了笑容；开始表达他的感激之情："谢谢你，哦，谢谢你。真的，我们多像啊！难道我的父亲和你的母亲犯了原罪吗？"他甜蜜地哈哈大笑起来，对自己的玩笑话非常自得。

"言归正传吧，"我说，突然假装出一种直率的严肃的表情，"我请你来，并不是为了这一小会儿的闲谈的快乐。在我的信中我提到了我行将给你的帮助，提到了我为你找到的工作。首先，让我问你一个问题。你必须坦率而正确地回答我。告诉我，你认为我是什么人？"

菲利克斯审视了我一番，转过身去，耸了耸肩。

"我并不是让你猜谜语，"我继续耐心地说。"我完全知道你不可能了解我的身份。不管怎么样，让我们避开你如此机智地提到的可能性。菲利克斯，我们的血统是不同的。不，我的好老兄，是不同的。我的诞生地离你的摇篮一千英里远，我父母的声誉是无懈可击的，我希望你的父母也是这样。你是独生子，我也是独生子。所以，无论对于你或者对于我，都不可能有那么个神秘的人：一个老早被吉卜赛人偷走的兄弟。没有任何关系把我们联系在一起；我对你没有任何义务，请注意，没有任何义务；如果我想帮助你，那是出于我自己的自由意愿。请记住。现在，让我再问你一次：你以为我是什么人？你对我的印象如何？你一定对我形成了一些印象，是吗？"

"你也许是一个演员，"菲利克斯犹豫不决地说。

"如果我理解你没错的话，朋友，在我们的初次会面中，你想：'啊，他可能是一个演戏的家伙，那种漂漂亮亮的家伙，脑袋里装可笑的幻想，穿漂亮的衣服；也许是一个名人。'我说对了吗?"

菲利克斯的鞋尖停在了碎石路上,他一直用鞋尖在那上面将碎石搓平,他的脸上现出一种相当紧张的表情。

"我什么也没有想,"他恼怒地说,"我只是在看——是的,你对我有点儿好奇什么的。你们演员报酬很高吧?"

一个小小的注解:他对我的想法在我看来是非常微妙的;它所拥有的独一无二的曲折使它与我情节的主要部分衔接上了。

"你猜着了,"我喊道,"你猜着了。是的,我是一个演员。严格地说,是一个电影演员。是的,是这样的。你说得多好啊,多美妙啊!你对我还有什么别的想法吗?"

这时,我注意到他的情绪低落了下来。他好像对我的职业感到失望。他坐在那儿,郁悒地皱着眉头,抽了一半的烟夹在大拇指和食指之间。他突然抬起头,眨眼睛。

"你想给我什么工作呢?"他问,没有了先前的令人感觉甜蜜的感激之情。

"别这么快,别这么快。到时候会说的。我在问你,你对我还有什么别的想法吗?来,请回答我。"

"哦,嗯……我知道你喜欢旅行;就这些。"

夜快降临了;麻雀早就消失了;纪念碑显得更加黑黝黝的

了，似乎变得更大了。从一棵幽暗的树后面静静地升起一轮忧郁的、富有肉感的明月。一片云朵飘过月亮，给它戴上了面具，只露出月儿的胖胖的下巴。

"喂，菲利克斯，天黑了，我敢打赌你饿了。来吧，让我们去找点儿东西吃，一边喝啤酒，一边继续我们的谈话。行吗？"

"行，"菲利克斯以一种稍微快乐一点儿的口吻说，然后又接着故作庄重地说："饿汉是聋子。"（我将他的谚语试着翻译了出来；在德语中，是押韵的，朗朗上口。）

我们起身，往大道黄色的灯光走去。夜色中，我很少意识到我们的相像性。菲利克斯没精打采地在我身边走，似乎沉浸在沉思之中，他走路时的样子跟他本人一样十分沉闷。

我问："你以前到过塔尼兹吗？"

"没，"他答道，"我对城镇不感兴趣，我和我那帮子人腻味城镇。"

一家小酒馆的招牌。窗户上有一只酒桶，两边站着蓄胡须的泥塑的仙童。相当不错了。我们走了进去，选了一个靠角落的桌子。在我脱手套的当儿，我对周围审视了一遍。酒馆里只有三个酒客，他们并不注意我们。侍者走上前来，一个戴夹鼻眼镜的矮小的男人（这并不是第一次见到戴夹鼻眼镜的侍者，但我不记得在哪儿和在什么时候见到过这样的一个人）。在等待酒菜上桌的时候，他瞧瞧我，然后瞧瞧菲利克斯。当然啦，由于我蓄了唇髭，我们之间的相像性不非常明显；事实上，我让唇髭长起来，就是为了当我和菲利克斯在一块儿时可以不吸引不必要的注意。我相信帕斯卡[1]在什么地方说得非常智慧：两个相像的人，在单独见到时，不会引起兴趣，但当两人同时出现时，就会引起相当的轰动。我从没有读过帕斯卡，也不记得从哪儿摘来这句语录的。啊，在我年轻的时候，对于这种信手拈来的事儿，我是非常在行的！不幸的是，干这种偷窃警句的事儿不光是我一个人。在圣彼得堡一次聚会上，我说："屠格涅夫说，有些感情是只能用音乐来表达的。"几分钟之后，来了一位客人，在谈话中他引用了同样的一句话，引语偷自一份音乐会节目单，在那次音乐会上，我看见他往演员休息室走去。当然啦，是他，而不是我出了自己的洋相；但这终究让我不痛快（虽然我狡黠地问他，他觉得伟大的薇阿勃拉诺娃怎么样，而得到些许安慰），所以，我决心从此不再干这种自炫博学的事儿。所有这些是一种退却，不是躲避——绝对不是一种躲避；因为我还是什么都不惧怕，并把什么都直说出来。应该承认，我不仅微妙地控制我自己，而且控制我的写作风格。当我年轻的时候，我写了多少长篇小说啊——就是写，随意地，

1　Blaise Pascal（1623-1662），法国数学家、物理学家和哲学家。

没有将它们出版的任何念头。又是一句引言：斯威夫特说，发表的手稿无异于一个妓女。（在俄罗斯）我有一天碰巧请丽迪亚读一下我的手稿，跟她说那是一个朋友的作品；她觉得作品很沉闷，没有读完。直到今天，她仍然不熟悉我的手迹。我一共有二十五种手书体，最好的（也就是说我用起来最得心应手的）手书是这样的：一个个细小的圆圆的字母，弯曲时饱饱满满的，让人看上去感到愉悦，这样，每一个词就像一个刚出炉的花式蛋糕；然后，是飞快的草体，锋利而难看，这是一个驼背在倥偬之中的乱涂乱画，充满了缩写符号；接着，是自杀者的字体，每一个字母就是一个套索，每一个逗点就是一个扳机；然后就是我最珍爱的：偌大的、容易辨认的、刚劲有力的和绝对非个人化的笔迹；这样，就可以从一个奇长无比的袖口里写出抽象的字体，这人们一般在招牌上和物理课本里都可以见到。我就是用这种笔迹来写作这本现在奉献在读者面前的书的；但很快我的笔不听使唤了：这本书是用我所有二十五种笔迹混成书写的，这样，我不认识的排字工或者打字员，或者我自己挑选的那位俄罗斯作家——适当的时候，我将把我的手稿寄给他——也许会以为几个人参加我的书的写作；也非常可能有个长着老鼠脸的狡猾的小专家会在这拙劣的乱舞的笔迹中明确地发现一种不正常的心理迹象。这样倒更好。

那儿……我曾经提到你，我最初的读者，你这位闻名遐迩的心理小说作家。我读过它们，发现它们虽然结构还算不错，但人工雕琢的痕迹太明显。我的既是读者又是作家的朋友，当你在读我的故事时，什么感觉？快乐？妒忌？或者甚至……谁知道？……在我无限期的退隐时，在你的小说中用我的材料……作为自己富有匠心的成果……是的，我给予你那……富有匠心和经验的想象；将我打入冷宫吧。对于我来说，预先采取措施对付这种厚颜无耻是并不困难的。但我是否会这样做，那是另一个问题了。如果我觉得你偷窃我的知识产权是我的一种荣耀，那又会怎么样呢？偷窃是人对一件事物的最好的褒奖。你知道还有更让人快乐的事儿吗？我猜想，在你下决心作出那快乐的剽窃时，你一定会压制那些折中妥协的句子——这些我正在写的句子——而加上你喜欢的东西（当然就不是那么快乐的一种思想了），就像偷车贼将偷得的车重新油漆一样。在这一方面，我要讲一个小故事，那是我知道的最可笑的小故事了。

十多天以前，也就是说一九三一年三月十日左右（半年就这么倏然飞逝过去了——在幻梦中的一个秋天，穿着时间的袜子跑步），一个人，或者几个人，穿过公路，或者走过森林（这一点，我想，在适当的时候会明了的），在森林的边缘窥探，非法占有了一辆什么什么牌什么什么马力的蓝色小汽车（我省略了技术细节）。事实上，就是这些。

我并不认为所有的人对这故事都有兴趣：它的含意太不明显了。它让我哈哈大笑，只是因为我知道这一切。我还要加一句，没有任何人将这故事告诉我，我也不是从哪儿读来的；其实，我所做的就是从汽车丢失的事实本身用合理的推导琢磨出来，丢车的事实被报纸十分错误地阐释了。言归正传，时间啊！

我记得，当侍者并没有觉察到我们之间的任何怪异而把柠檬汽水放在我的面前，把一罐啤酒放在菲利克斯的面前，我的面目模糊的化身急切地将上唇伸向那浓郁的啤酒泡沫时，我问的第一个问题就是："你会开车吗？"

"什么？"他极其快乐地哼了一声。

"我在问你会开车吗？"

"我怎么会开车！我曾经交了一个司机朋友，他在我们村旁一座城堡里干活。一个晴朗的日子，我们轧死了一头母猪，你要是能听见它尖叫就好了！"

侍者送上一种浇肉汁的大杂烩，量好多，捣土豆泥，也洒上了酱汁。我在什么地方见过侍者戴夹鼻眼镜的？啊——想起来了（仅仅在写这个的时候想起来了！）——在柏林一家破旧的俄式小饭店里；那个侍者非常像这一个——同样一个一头金黄色头发的忧郁的矮小男人，出身却较为高贵。

"就这么着了，菲利克斯。我们吃饱喝足了；现在让我们聊聊吧。你对我做了一些猜测，这些猜测证明是对的。现在，在进入更为深入的谈话以前，我想为你大概描述一番我的性格和生活；你很快就会明白为什么这很紧要。首先……"

我呷饮了一口汽水，接着说：

"首先，我出身于一个富有的家庭。我们有一栋房子和花园——啊，多好的一座花园啊，菲利克斯！请想象一下，不仅有玫瑰花树，而且有玫瑰花丛，各种各样的玫瑰花，每一种花都挂着镶嵌的小牌儿：你知道，玫瑰花就像赛马一样有非常响亮的名字。除了玫瑰花，在花园里还有许多别的花卉，每个清晨，当花园在晨露中闪闪发光时，菲利克斯，这整个情景就好像一个梦。当我还是一个孩子时，我就喜欢照管花园，我对我的活儿很在行：我有一只小小的浇水的罐儿，菲利克斯，一把小鹤嘴锄，我的父母往往坐在一棵我祖父种的古老的樱桃树树阴下，充满温情地瞧着我，这个忙忙碌碌的孩子（请想一想这情景！）将看上去像花枝一样的毛毛虫从玫瑰花里抓出来，卡死。我们有许多农家的牲畜，比方说兔子，这是所有动物中体形最像鸡蛋的了，不知道你是否懂我所说的意思；易怒的有肉冠的火鸡（我在这儿用了像火鸡发出咯咯咯的声韵），可爱的小孩儿以及许许多多其他的东西。

"后来，我父母失掉了他们的钱财，死了，那可爱的花园消失了；只是现在，幸福似乎又回到了我身边：我最近在湖畔获得了一小块土地，那儿将会有一座比以前的花园更美的新的花园。我的精力充沛的童年充满了这些花朵和果实的芬芳，花园边的森林，巨大而蓊郁，在我的心灵上投下了浪漫而忧郁的影子。

"我总是非常孤独，菲利克斯，我现在仍然很孤独。女人……没有必要谈论这些反复无常的卑鄙的人们。我游览了许多地方；就像你一样。我喜欢背着背包游逛，当然啦，我游逛总是有比你更充足的理由（我毫无保留地谴责这些理由）。这真是一件奇特的事：你考虑过下面的问题吗？——两个男人，同样贫困，但生活得不一样；比方说你，坦率地无望地过一种乞丐的生活，而另一个，虽然同样贫困，生活方式却完全不同——一个无忧无虑的营养充足的人，混迹于快乐的富裕人群中……

"为什么会这样呢？因为，菲利克斯，这两个人属于不同的阶级；谈到阶级，让我们想象一下一个人没买票乘四等车旅行，另一个人也没买票坐头等车：X 坐在硬座席上；Y 先生懒洋洋地坐在软席上；两人的钱包都空空如也——或者严格地说，Y先生的钱包虽然是空的，但他将钱包拿出来炫耀一番，而X却连可以炫耀的钱包也没有，让人看到的只能是他口袋脱线的破洞而已。

"说这些，我是想让你懂得我们之间的不同点：我是一个演员，生活在空中楼阁之中，但对于未来我有富有弹性的希望；这些希望能无限地拉长，而不会折断。你连这个也没有；如果不是出现了奇迹的话，你只能总是安于当一个穷光蛋；这个奇迹就是我遇见了你。

"菲利克斯，世上没有一件事情你不可能利用的。不，说得清楚点儿：世上没有一件事情你不可以长期并卓有成效地加以利用。也许在你更为炽热的梦中，你见到一个两位数，这是你期望的极限。而现在，你的梦不仅实现了，而且同时出现了三位数。但对于你的幻想来说，要理解它们都是很困难的，是不是，当你在数十以上的数字时，你不是感觉在挨近一个不可想象的无限了吗？现在我们转过了那个无限的角，一张百元大钞在向你微笑，在这张的肩上——另一张；天知道，菲利克斯，也许第四位数就要出现了；是的，它使你的头脑昏旋，心脏直跳，神经紧张，但它却是真的。请明白这一点：你已经完全安于你的悲惨的命运，以至于我纳闷你是否真正理解了我的意思；我所说的，对于你来说，简直不可理喻而怪异；接下来的还要不可理喻，还要怪异。"

按这样的思路，我说了好长时间。他一直用一种不信任的眼光瞧着我；他很可能渐渐明白了我在逗他。像他那样的人只在一定限度内保持好脾气。当他们意识到他们受到了玩弄，他们所有的好脾气就都会消失殆尽，他们的眼睛里会闪闪发光，全身心陷于一种强烈的愤懑之中。

我含含糊糊地说，但我的目的不是要激怒他。正相反，我希冀讨他的喜欢；迷惑他，同时也吸引他；总而言之，模糊地但令人信服地将与他的脾性和习惯一样的一个男子的形象告诉他。但我的想象放纵不已，变得相当令人生厌，且玩世不恭，就像一个虽是明日黄花，但仍在假装微笑的喝得醉醺醺的女人。

当我注意到我所产生的印象，我停了一会儿，我把他吓得够呛，有点儿感到内疚，但突然我又感到甜蜜异常，因为我能把自己的听讲者弄得如此坐立不宁。我于是微微一笑，继续道：

"你必须原谅我的所有这些唠叨，菲利克斯，但，你瞧，我很少有机会将灵魂显示出来。我现在赶紧将我所有的方面显示出来，好让你彻底了解你将与之一块儿工作的人，特别是这个工作将与我们的相像性有关。告诉我，你知道替身演员是什么意思吗？"

他摇摇头，下嘴唇耷拉下来；我早就觉察到他喜欢用嘴呼吸——他的鼻子塞了，或者别的什么原因。

"如果你不懂，让我给你解释。请想象一下一个电影公司的经理——你去过电影院吧，是吗？"

"嗯，是的……"

"好极了。想象一下这经理或者导演……对不起，朋友，你似乎想说什么？"

"嗯，我去得不多。当我想花钱时，我有比看电影更有趣的事儿。"

"是的，但有些人却不这么看——要是没有这些人，就不会有我所从事的职业了，是吗？所以，正如我说的，一位导演答应给我一笔小报酬——大约一万美元吧——小数目，当然啦，只够乘飞机的，但如今报酬掉价了——他请我在一部主角是音乐家的电影里演戏。那对我太合适了，因为在现实生活中我也热爱音乐，会演奏好几种乐器。在夏日的晚上，我有时拿着小提琴到最近的树林里——还是言归正传吧——替身演员，菲利克斯，就是一个可以在紧急情况下替补角色的人。

"演员演他的角色，镜头正对着他；要拍一个并不重要的场景；主角，比方说，要开着车走过镜头；但他不能，他正患重感冒躺在床上。不能浪费时间，这样，他的替身来演，十分酷地驾着车飞驰过镜头（你能开车，真棒），电影放映时，没有一个观众意识到是替身。越相像，价格就越高。有专门经营提供电影替身演员的公司。替身演员的生活很优裕，拿着固定的工资，但只要偶然地工作一下，工作量也不多——只要穿上主角的衣服，开上一辆漂亮的车作为主角飞驰而过，就这样！自然，一个替身演员不应该吹嘘他的工作；要是记者得到一点关于这种置换的风声，观众知道了他们偶像演员的角色是假的，那就会有一场风波。你现在明白了当我发现你跟我完全一模一样时，我为什么会那么快乐而激动。那一直是我的最美好的梦幻。请想一想那对我意味着什么——特别是现在，电影已经开拍了，而我，一个身体羸弱的人，是这部电影的主角。如果我发生什么，他们会马上给你打电话，你来——"

"谁也没有给我打电话，我到哪儿去，"菲利克斯打断我说。

"你为什么那么说话，我亲爱的老兄？"我说，轻微地反驳了他一下。

"因为，"菲利克斯说，"欺凌一个穷困的人是不仁慈的。我首先相信了你。我以为你会给我找一个地道的工作。来到这儿，走了好长好长索然无味的路。瞧瞧我的鞋底……现在，这工作，不，它不适合我。"

"恐怕有一点儿小小的误会，"我温和地说，"我给你找的工作既不丢脸，也不非常复杂。我们将签一份合同。你将每月从我那儿得到一百马克。让我重复一遍：这活儿简直是玩儿；小孩游戏——你知道小孩怎么穿上士兵、魔鬼、飞行员的衣服玩。请想一想：你只要穿上——很少的次数，也许一年才一次——跟我现在穿的完全一样的衣服，你就可以每月得到一百马克。现在你明白我们应该做什么吗？让我们定下一个日子见面，排演一个小小的场景，只是想瞧瞧那会是怎么样……"

"对于这些事儿，我一点儿也不知道，也不想知道，"菲利克斯相当粗莽地反对道，"我跟你说，我姨有个儿子，他在集市上演丑角，他酗酒，太喜欢姑娘了，我姨为他伤透了心，有一天，感谢上帝，他没抓住飞驰的秋千和他老婆的手，脑袋砸在了地上。所有这些电影院和马戏场——"

是真的这么发生的吗？我是忠实地按记忆在写，还是我的笔有可能偏离了方向而任意妄为起来？我们的谈话有一点儿太文学性了，透出那种舞台小酒馆里的拇指夹[1]发出的嚓嚓声儿，对于这种对话陀思妥耶夫斯基是非常在行的；再加上一点儿，我们就能听见那种虚伪的谦卑的发咝音的耳语，声息里的哽

1　thumbscrew，旧时的刑具。

塞，那些不断重复的诅咒的副词——结果，按那位著名的俄罗斯侦探小说家的风格加以神秘的修饰，一切便水到渠成了。

这在某种程度上使我痛苦；也就是说，这不仅使我痛苦，而且将我的心灵搅得一片糊涂；我对于我的笔的力量太自信了，我敢说，这种自信的想法对我是致命的——你注意到这个短句声调的抑扬变化了吗？你注意到了。至于我，我对我们的谈话记得非常清晰，记得所有旁敲侧击和 vsyu podnogotnuyu[1]，即“全部底细”，那指甲下的秘密（用一下刑室里的行话，在那儿，指甲被撬开，这是一句常常被引用的话——斜体加强了语气——这句话是我们国家的那些专门医治灵魂寒热症和人类自尊错乱症的专家最喜欢使用的）。是的，我记得那次谈话，但已不能完全忠实地写出来了，有什么东西使我梗塞了，那让人发热、厌恶、无法忍受的东西，我无法摆脱它们，就像一个赤裸裸的人在漆黑一团之中撞上黏糊糊的粘蝇纸一样。何况，你无法找到光亮。

不，我们的对话并不是像这儿写的那样；也就是说，字词也许完全像申述的那样（又是那细小的喘息），但我没有设法或者敢于将伴随的特别的喧哗写出来；那儿出现了奇怪的忽高忽低的喧闹声；然后又是那嘟哝声，喃喃低语，陡然间，一个

1　用拉丁字母转写的俄文。

硬邦邦的嗓音清晰地说："来，菲利克斯，再来一杯。"

墙上棕褐色的花朵图案；有一行字粗鲁地宣称遗失财物此处概不负责；圆厚纸板权作啤酒杯的底座（在一张这样的厚纸板上用铅笔匆匆写上的一个相加的总数）；远处的酒吧，一个男人在喝酒，两腿交叉成黑色的涡卷形，青烟在他周围袅绕；所有这些是对我们之间交往的评述性提示，和丽迪亚的垃圾书边页空白处写的玩意儿一样的无聊。

要是那三个远离我们、坐在血红窗帘边的人，那三个安静的忧郁的饮酒者转过头来瞧我们，他们便会看见：幸运的和不幸的兄弟两人：一个蓄小唇髭，头发梳得漂漂亮亮，另一个刮了胡须，但头发蓬乱（他瘦瘦的颈背下有一绺魔鬼般的细鬓毛）；两人面对面，坐的姿势一样；胳膊肘撑在桌上，握着拳头托着颧骨。一面古旧的、镜面模糊的镜子映着我们，形象畸异地斜拉着，一副疯癫的样子，要不是它碰巧照上了一张真正的人脸，真应该把它砸掉。

我们就这么坐着，我不断地进行我的规劝性的唠叨；我是一个糟糕的演说家，我一个字一个字地宣读的演讲似乎没有写在纸面上的那么轻快而流畅。事实上，不可能将我不连贯的演说写下来，一个字一个字地那么蹦出来，从句隔得老远，好像迷了路，你简直找不到它们修饰的主词了，而所有那些叽叽喳喳的唠叨，要么给字词一点儿伴奏，要么使它们显得生涩；但我的思想如此有条不紊地在运作，如此坚定地追求着它的宝藏，我遣词造句的倾向给我留下的印象是决不混乱，决不断章取义。我谈话的对象却依旧茫然而不知所云。这家伙的反抗——这对于一个智力有限、脾性胆怯的人是非常自然的——必须粉碎。我对于谈话主题的简洁的流畅性是如此投入，我忽略了这会使他生厌的可能性，我更忽略了这会将他吓跑的可能性，我忽略了这种主题会将他自然而然地吓退，就像这种主题会自然而然地吸引我的幻想一样。

我这么说并不表示我与电影和戏剧没有任何联系；事实上，我惟一的一次演出是二十年以前的事了，在我们乡下老家的县城（我父亲管理着）里业余客串而已。我只需说几句台词："王子让我宣布他很快就会驾到。啊，他来了！"但我没有说这句台词，我充满了优雅的谐趣，因为快乐而颤抖，我这样说："王子不能驾临了：他用刀片将自己的喉管割断了"；当我在说这台词时，演王子的那位先生已经来了，他粉彩浓妆的脸上堆着笑容，刹那间一切都停止了，整个世界都凝神屏息了——直到今天，我仍然记得我是如何倒吸了一口神圣的冷气，这冷气仿佛是从魔鬼般肆虐的风暴和灾祸里飞来的。虽然从演员这个词的严格含意来说，我并不是一个演员，然而，在现实生活中，我却总是带着一套折叠的小舞台，演不止一个角色，我的演出总是妙极了；如果你以为我的提词人的名字叫盖恩——是大写的 G 而不是 C[1]——那你就大大地错了。事情并不那么简单，我亲爱的先生们。

就拿与菲利克斯的谈话来说，我所做的一切证明只是浪费时间，我突然意识到如果继续大谈关于电影的独白，他会站起来，走开去，把我给他的十马克还给我；（不，继而一想，我相信他不会把马克还给我的——不，永远不会！）当他发出那表示"钱"的沉重的德语时（在德语中，钱是金子，在法语中，钱是银子，在俄语中，钱是铜），他怀着异乎寻常的敬意，然而，非常奇怪，这种敬意有可能变成一种残酷的欲望。但他当然会走开，带着一种"我不想受到侮辱"的神情！

完全坦率地说，我总弄不明白，为什么与戏剧和电影有关的一切对于他来说总显得彻头彻尾地残忍；总显得怪异，陌生——是的，但……残忍？让我们从德国平民的落后性来解释这种状况。德国农民是旧式的，过分拘谨的；什么时候你可以试试，什么也不穿，只穿游泳裤穿过一个德国村庄。我试过，所以我知道会发生什么；男人站着发呆了，而女人们窃窃地傻

1　提词人（prompter）又可解释为"教唆者"，盖恩（Gain）有"利益"之意，Cain 则是该隐，《圣经》中第一个杀人者。

笑，将脸遮掩，就像旧世界喜剧中的客厅女仆。

我沉默下来。菲利克斯也沉默了下来，手指沿着桌线在抚摸。他也许期望我给他一个园丁的活儿，或者司机的活儿，现在失望了，一脸阴沉。我把侍者叫来，付了钱。我们又在街上踯躅起来。那是一个凛冽而荒凉的夜。一轮明月在一小片一小片俄国羔皮般卷起的浮云中时隐时现。

"听着，菲利克斯。我们的谈话还没有结束。我们不能就此打住。我在旅馆租了一个房间；来吧，你和我一起过夜。"

他理所当然地接受了邀请。虽然他的智力迟钝，但他明白我需要他，在还没有获得肯定的什么东西之前，就将关系切断是不明智的。我们又一次走过骑手铜像的复制品。大街上看不见一个人。住房里也没有一线灯光；要是我注意到有一扇窗户里有灯光，我一定会以为那儿有人上吊死了，留下灯火没关——一盏灯从来没有这样地不被人所需，这样地被认为是不正当的。我们默默地抵达旅馆。一个穿无领衣服的梦游者给我们开的门。走进卧房，我又有一种非常熟稔的感觉；但其他的事情占有了我的心灵。

"请坐。"他坐下，拳头放在膝盖上；嘴半张着。我脱去大衣，将双手塞进裤子口袋里，在裤兜里晃荡着钢儿，开始走来走去。顺便说一下，我戴着一条紫色的间杂黑点的领带，我每转一次身，领带便飞扬起来。我这样走了好一阵；静寂，我的踱步声，我的动作带起的一阵风。

候然间，菲利克斯脑袋耷拉下来，仿佛被打死了似的，开始解鞋带。我注视他露在外面的脖颈，瞧着他脊背第一块脊椎骨那种焦渴的表现，思忖我就要和一个与我一模一样的人睡在同一间卧房里了，几乎是在同一条毯子下，因为两张单人床并排放着，相当靠近，一想到这儿，我便觉得怪怪的。一个可怕的思想猛然袭来，我想也许他的肉体遍布皮肤病留下的红疙瘩，或者刺了粗莽的文身图案，我要求他的身体最小限度地与我相似；至于他的脸，倒没有这些问题。

"是的，继续干下去，把你的衣服脱掉，"我说，踱着步，转着身。

他抬起头，将一只也算是鞋子的鞋拿在手里。

"我睡在一张床上，那是很久以前的事了，"他说，微微一笑（傻瓜蛋，别亮出你的齿龈来），"睡在一张真正的床上。"

"将所有的衣服都脱去，"我不耐烦地说，"你肯定很脏，浑身尘垢。我会给你一件衬衣穿着睡觉。但首先必须洗澡。"

他露齿一笑，嘟哝了几声，也许在我面前还有点儿害羞，他脱得赤裸裸的，从碗橱式脸盆架的脸盆中弄出水来浇他的胳肢窝。我往他那儿溜了几眼，热切地瞧着这个一丝不挂的男人。他的背脊跟我的一样充满肌肉，浅粉色的尾骨，屁股更加丑陋。当他转过身来，我不觉瞅一眼他的硕大的鼓起的肚脐眼——但我的也不怎么美。我纳闷他一辈子是否洗过他的阴部：就这种玩意儿而言，还过得去，但不能细看。他的脚指甲并不像我想象的那么可厌。他身上瘦瘦的，皮肤比脸白多了，这样，看上去好像我的脸，苍白的躯干上仍然保留着夏日太阳晒的痕迹。你甚至可以看清连接脑袋的脖颈处的纹路。从这种审视中我得到极大的快乐；这使我的心灵宁静；他身上没有什么特别的印记。

他穿上我从箱子里拿出来的干净衬衣，上了床，我坐在他的脚边，用一种毫不掩饰的藐视盯着他。我并不知道他在想什么，但那种不同寻常的整洁让他平静了下来，他羞涩地抚摸我的手，那种奔涌而出的羞涩带有令人讨厌的多愁善感的味儿，但也是一种非常温情的举动，他说——我大意翻译成这样："你是一个好人。"

我咬紧牙关，浑身颤抖着哈哈大笑起来；我猜想，也许我脸上的表情让他觉得古怪，他的眉毛挑起，高抬起头。我不再压制我的欢乐，将一支烟塞进他的嘴里。他差点呛死。

"你这蠢驴！"我高声叫道，"难道你还不明白，我叫你来这儿，一定是有重要的、非常重要的事儿？"我从钱包里拣出一张一千马克的钞票，我嬉戏地拿着它在这傻瓜蛋脸前晃来晃去。

"是给我的？"他问，扔掉点着的烟；仿佛他的手指不由自主地分开了，准备来抓钱。

"你要将被单烧个洞了，"我说（哈哈大笑，哈哈大笑），"要不在你的宝贵的皮上烧个洞了！你似乎被感动了，我看得出来。是的，这钱将是你的。你甚至可以预先得到它，如果你同意做我将建议的事儿。你没明白吧，我大谈电影只是想试探试探你，我根本不是一个演员，而是一个狡猾的、难以对付的商人。简而言之，就这件事儿：我计划做一件事儿，有那么点儿可能性事后他们可能抓着我。如果有确凿的证据证明在那件事儿发生的时候，我正巧在离事发处很遥远的地方，那么，所有的怀疑便立刻不能成立了。"

"抢劫？"菲利克斯问，脸上闪过一丝奇怪的满足的影子。

"我看得出来，你并不是我想象的那么愚蠢，"我继续说，嗓音变成了细语，"看得出来，你早就察觉这里有点蹊跷了。你现在很高兴，因为你没错算，任何人如果他被证明猜对了，都会欣喜若狂的。我们两人都有喜好金银的弱点——你是这么想的，是吗？也许真正使你高兴的是我根本不是一个骗子，也不是一个有点儿疯的梦想家，而是一个说话算数的人？"

"抢劫？"菲利克斯又问，眼睛里充满了新的生命力。

"不管怎么样，是一件非法的事儿。在适当的时候，你会了解细节的。首先，让我给你解释我要你做什么。我有一辆车。穿上我的衣服，你将坐在那车里，在一条路上驾驶。就这些。为这快乐的旅行，你将获得一千马克报酬——如果你喜欢的话，也可以拿两百五十美元。"

"一千？"他重复了一遍，根本不理会币值的诱惑，"你什么时候把钱给我？"

"自然会有的，我的朋友。在穿上我的大衣之后，你会发现我的钱包就在大衣口袋里，而钱包里，就有现金。"

"我下一步做什么呢？"

"我已经告诉你了。开车去旅行。我将消失；人们见到的是装扮成我的你；你会回来，并……嗯，我的目的达到后，我也会回来。还要我说得更具体吗？好极了。在某一个小时，你将驱车穿过一座村庄，在那儿，人们都熟悉我的脸；你不用跟任何人说话，只几分钟的事儿。但我将为这几分钟支付很高的报酬，因为这几分钟将给我一个美妙的机会同时在两个地方。"

"你将会因劫物而被捕，"菲利克斯说，"然后，警察会来抓我；在审判时一切都会兜出来；你会哇哇乱叫的。"

我笑道："难道你不知道吗，我的朋友，我喜欢你很快就意识到我是一个恶棍。"

他接着说，他不喜欢坐牢；监狱消磨掉一个人的青春；没有比自由和鸟儿的歌唱更美好的了。他相当友好地说，没有一点儿仇视。过了一会儿，他变得沉思起来，胳膊肘撑在枕头上。房间里有一股臭味，但非常静谧。他的床和我之间只相隔几步或者说一跃步而已。我打哈欠，没有脱衣服就按俄罗斯方式躺在羽毛褥垫上（而不是在其下）。一个奇怪的想法让我不安：夜里，菲利克斯也许会杀了我，把我的东西抢走。我将一只脚伸到床边来，踩着一只鞋顶着墙往开关那儿蹭；滑了一下；更小心点儿，再慢慢试一次，用脚后跟终于将灯踢灭了。

"如果这一切全是谎话呢？"他沉闷的声音打破了沉寂，"如果我不相信你呢？"

我动也没动。

"一个谎话，"几分钟后他重复道。

我没动窝儿，很快我开始像一个熟睡者那样单调地呼吸起来了。

他聆听着，这是肯定的。我则倾听他聆听的声息。他侧耳听着我对他的聆听的倾听。有一声啪的响声。我注意到我压根儿没在想我以为我在想的什么；我试图抓住我业已迷失的思想，却变得更困惑了。

我做了一个可怕的梦，三重的噩梦。首先是一只小狗；并不简单是一只小狗；一只假狗，非常小，黑眸子就像一只甲壳虫的幼虫那么大；从头到尾是一片白，有点儿森冷。肉体？不，不是肉体，而是油脂或者肉冻，或者可能是一只小白虫的脂肪，这小白虫的身体上有一棱棱像雕刻出来的表面，让人想起俄罗斯逾越节宰杀的小羊的黄油——让人恶心的比喻。一个冷血动物，自然的力量将它变成一只与狗相像的东西，有尾巴和腿，像它应该有的那样。它总是来挡我的路，我没法躲避它；当它碰上了我，我有一种电击的感觉。我醒来了。在我旁边的床单上躺着那只可怕的小假狗，浑身蜷作一团，就像一只昏厥的小白虫……我厌恶地呻吟起来，张开了眼睛。在我周围影子浮动起来；我旁边的床空空如也，只剩下宽阔的牛蒡叶，由于潮湿的缘故，牛蒡从床架里长出来。人们从这些叶片上看到一种黏糊糊的可能暴露私情的东西；我凑得更近些看个仔细；它粘在一根粗大的床柱上坐着，很小，牛脂般白，小小的黑色的纽扣般的眼睛……终于，我彻底地醒了。

我们忘了将百叶窗拉下来。我的手表停了。也许五点或五点半。菲利克斯睡着，裹在羽毛床褥里，背对着我；只能看见他的黑发。一个奇异的梦醒，一个奇异的黎明。我回忆了我们的谈话，我记得我没能使他相信我；一个全新的非常吸引人的思想向我袭来。

哦，读者，在我略微睡了一会儿后，我感到像一个孩子一样清新；我的灵魂被洗涤干净了；说真的，我才三十六岁，我以后的人生——上帝慷慨给予我的岁月——应该干些比做一个卑劣的行踪不定的人更好的事情。真的，一个多么令人陶醉的思想；听从命运的劝告吧，现在，立刻离开这个房间，永远离开，并忘掉它，让可怜的与我相像的人……天知道，也许他根本不像我，我只能见到他的头发，他熟睡了，背对着我。这样，一个成年人，在又一次屈从了孤独的令人羞耻的罪恶之后，对自己有力而清晰地说："这一切就此结束了；从此以后，生活将是纯洁的；纯洁的快乐"；这样，在说了所有的话，预先体验了各种生活，享受了所有的痛苦和愉悦之后，说来迷信，我急于永远远离诱惑了。

一切显得那么简单；在另一张床上躺着一个流浪者，我碰巧给了他一个住的地方；他的可怜的积满尘垢的鞋放在地板上，鞋尖凹陷了下去；他的赖以支撑的手杖横放在椅子上，椅子上挂着他的衣服，衣服折叠得透出一种无产阶级整洁的习性。我在那间乡下的旅馆里到底要做什么？为什么要到处闲逛？一个陌生人的浓重的汗臭，那窗户显现的凝重的天空，那停栖在圆酒瓶上的硕大的黑苍蝇……都在对我说：起身，离开这儿吧。

墙上离开关近处有一摊黑色的石灰泥污迹，这使我想起布拉格那个春日。哦，我是可以将它刮去，从而不留任何痕迹，任何痕迹，任何痕迹！我期望着在我那美丽的家洗一个热水澡——继而又苦笑着更正自己，想到阿德利安也许已经用了那澡盆，我捉摸他仁慈的表妹在我不在家的时候早让他洗过一两次了。

我将脚放到一块地毯翻了个儿的角上；用一把真正玳瑁做的小梳子将头发从鬓角往后梳去——这可不是那种我见过的游民使用的假龟壳梳子；我蹑手蹑脚悄然地走过房间，穿上大衣，戴上帽子，拿起箱子，便往外走，在身后轻轻地关上门。我假设，即使我再看上一眼躺在床上熟睡的与我相像的人的脸，我也会出走的；但我没有这样做的愿望，正如上面提到的成年人在清晨不想看一眼他在床上曾经钦羡不已的情景一样。

我有点儿晕眩地走下楼梯，在厕所里用毛巾擦了皮鞋，重又梳了头发，付了房租，在守夜人昏昏欲睡的目光注视下，走到大街上。半小时后，我坐在一节火车车厢里；旅途中，我喝了有一种白兰地风味的啤酒，在我的嘴角仍然残留着我刚在车站饭馆匆匆忙忙吃的简单但味道极好的荷包蛋的盐迹儿。这样，这含糊不清的一章便在低调讨论食品中结束了。

六

　　要证明上帝并不存在是很简单的。例如，人们不可能承认，一个严肃的、智慧的、全能的耶和华会把时间花在和小人偶玩儿这种无聊的事情上。更加不可思议的是，他竟然将他的游戏限制在机械、化学和数学的极其陈腐的规则里，而他永不——请记住，永不！——露脸，只让自己鬼鬼祟祟地窥视，拐弯抹角地说教，在那些神经质的温顺信徒背后悄声耳语（真正的启示！），讲些有争议的真理。

　　我想，这一切神圣的事务是一个巨大的骗局，但这不是牧师的错，牧师本人也是受害者。关于上帝的想法是在历史的早期由一个天才的无赖发明的；这想法含有太多的人性，使它的蔚蓝色的起源看来似乎很有道理；我这么说，并不是表示它是极其愚昧的产物；我所说的无赖对于宇宙的学问可是十分在行——我真想知道哪一种天国是最好的：目光锐利的天使扇动翅膀使人晕眩的天国呢，还是那曲面镜，镜中自我陶醉的物理教授往远处退去，变得越来越小。我之所以不能相信，或者不愿相信有上帝，还有另一个理由：关于他的传说不是真正属于我的，它属于陌生人，属于所有的人；它被数百万其他灵魂的恶臭所浸透，那些灵魂在太阳下旋转了一会儿，然后迸裂；它充满了原始的恐惧；其间回响着相互倾轧的无数声音的混乱合唱；在它之中，我听见管风琴的轰鸣和喘息，正教执事的吼声，教会歌咏班领唱人的低吟，黑人在哭泣，新教牧师流利雄辩的布道，铜锣声，雷鸣，患癫痫女人的抽搐；我看见所有哲学的苍白的书页像早已失去势头的波澜的泡沫在其间闪耀；它对于我是陌生的，可憎的，毫无用处。

如果我不是自己生命的主人，不是我自己的撒旦，那么，没有任何人的逻辑、任何人的迷狂能使我感到自己极端愚蠢的立场——我是上帝的奴仆——不那么愚蠢；不，不是他的奴仆，只是一根火柴，被毫无目的地点亮，然后被某个富有探索心灵的孩子吹灭，这是他的玩具的噩梦。尽管如此，也没理由不安：上帝并不存在，正如来世并不存在一样，这可怕的后者就像前者一样是非常容易消融的。只需想象你自己刚死——又突然在天堂醒了过来，在那儿，你死去的亲人带着笑容欢迎你。

现在，请告诉我，你怎么能保证这些亲爱的鬼魂是真的；你怎么证明那真正是你死去的母亲，而不是什么小恶魔戴着你母亲的面具，以极高的技巧和相像性装扮成她来蒙蔽你呢？问题难就难在这里，恐怖就恐怖在这里；更可怕的是，这种事情会无穷无尽地发生下去；你的灵魂在另一个世界永永远远无法确定周围甜蜜的温情脉脉的鬼魂不是乔装的恶魔，你的灵魂将长长久久地处于怀疑之中，每时每刻都提防着可怕的变化：穷凶极恶的冷笑会扭曲那张俯视你的心爱的脸。

这就是为什么我准备不管发生什么都接受一切；那戴高礼帽的壮实的刽子手，然后是苍白的永恒发出的空洞哼唧；但我拒绝经受永生的折磨，我并不想要那些冰冷的白色小狗。放开我吧，我受不了哪怕一丁点儿的温情的表示，我警告你，一切都是欺骗，都是低下的戏法。我对任何事情或任何人都不相信——当这个世界我认识的最亲近的人在另一个世界见到我，当我熟识的手臂伸出来拥抱我，我会发出一声恐怖的呐喊，我会在天堂的草地上晕倒，打滚……哦，我不知道我将做什么！不，别让陌生人来到那受祝福的土地。

虽然我没有信仰，我本性上仍然不是一个阴郁、奸诈的人。当我从塔尼兹回到柏林，回顾一下我灵魂所拥有的一切，我像个孩子一样对我灵魂中小小的但非常确定的财富感到欢欣鼓舞，我感觉到，一旦得到更新、振兴、释放，正如一句谚语说的，我将进入一个人生的新时期。我有一个智能低下但长得漂亮、崇拜我的妻子；一间舒适的小小的公寓；胃口很好；一辆蓝色的车。我感到自己是一个诗人，一个作家的料；而且有出色的商业才能，虽然商务总是非常不景气。与我相像的菲利克斯似乎仅仅是个无害的古董，而且很可能在那些日子里我早就跟我的朋友们谈起他了，如果我有任何朋友的话。我在琢磨放弃我的巧克力买卖，做点儿别的生意；比方说，出版详细研究文学、艺术、科学所揭示的性关系的豪华精装本……简而言之，我精力充沛，不知道如何将它们发泄出来。

我对一个十一月的晚上记得特别清晰：从办公室回家，我发现妻子不在——她给我留了一张条儿，说她去看电影了。我不知道该做什么，便在房间里踱来踱去，将手指关节捏得嘎巴嘎巴响；坐到书桌前想写一点精美的散文，但我所做的仅仅是舔笔尖，在纸上画了不少流鼻涕的鼻子；我站起来，走了出去，因为我非常需要以某种方式——以任何方式和世界接触，独处变得不可忍受，它使我过于激动，而且毫无意义。我去找阿德利安；一个健壮的可鄙的骗子。当他终于让我进去（他将自己锁在房间里，怕债主上门），我却突然纳闷自己怎么到这儿来了。

"丽迪亚在这儿，"他说，什么东西在他嘴里嚼来嚼去（后来证明是在嚼口香糖），"这女人病得很厉害。别发愁。"

丽迪亚穿得很少，躺在阿德利安的床上——也就是说，没穿鞋，只穿一条绿色的皱不拉儿的衬裙。

"哦，赫尔曼，"她说，"你来多好啊。我的肚子出了点儿毛病。在这儿坐下。好多了，但我在电影院时疼极了。"

"正看一部好极了的电影，"阿德利安抱怨说，一边戳着他的烟斗，将黑烟灰撒得地板上到处都是，"她就这么伸胳膊伸腿地躺着，躺了半个小时了。这只是一个女人的想象而已。她身体棒极了。"

"叫他闭嘴，"丽迪亚说。

"喂，"我转身对阿德利安说，"我想我没有错，你画了一张画，是吗，一支野蔷薇烟斗和两朵玫瑰的画？"

他发出了一个声响，一般小说家是这么写的："哼。"

"我不知道，"他回答说，"老兄，你似乎干活干得太劳累了。"

"首先，"丽迪亚说，躺在床上，眼睛闭着，"我的第一感觉是一种非常强烈的浪漫感觉。第二感觉是一个畜生。如果你愿意的话，我整个儿的感觉也是一个畜生——要不就是一个拙劣的画匠。"

"别在意她，"阿德利安说，"至于那烟斗和玫瑰，不，我想不起来了。你可以自己去找。"

他的涂抹的画挂在墙上，杂乱地放在桌上，堆在角落里。这房间里的一切都蒙上了一层尘埃。我瞧着他的模模糊糊的一摊淡紫色的水彩画；小心翼翼地用手指抚摸着放在一把摇摇欲坠的椅子上的彩色粉笔画……

"首先，"激情的雄狮[1]对他的表妹说，带着一种可怕的逗笑的成分，"你应该学会拼我的名字。"

我离开了这房间，走到女房东的餐厅。那古老的女人，就像一只猫头鹰，坐在窗户旁一块微微隆起的地板上一把哥特式扶手椅里，正在缀补一只绷在木织机上的长统袜。

"……看看画，"我说。

"看吧，"她有礼貌地答道。

我立刻在餐具柜右边找到了我所要找的；它原来画的不是两朵玫瑰和一支烟斗，而是两个桃子和一只玻璃烟灰缸。

我十分不快地走回来。

"嗯，"阿德利安问，"找到了？"

我摇头。丽迪亚已经穿上了衣服和鞋，正在镜子面前用阿德利安的梳子梳理头发。

"真好玩——得吃点儿东西了，"她说，做了一下她惯常的

_____

1　此处 Ardalion 写为 Ardor-lion，字面意思即"激情的雄狮"。

缩一下鼻子的小动作。

"吃风，"阿德利安说，"等一会儿，朋友们。我一会儿就来。我马上就可以穿好。转过身去，丽迪。"

他穿着一件打补丁的、沾满颜料的画家罩衫，罩衫几乎拖曳到脚后跟。他将罩衫脱去。罩衫下面除了银十字架和对称的一绺毛以外，什么也没有。我特别讨厌邋遢和污秽。菲利克斯一定比他要干净些。丽迪亚望着窗外，不断哼着一首早已不时髦的小曲（她德语的发音多么糟糕）。阿德利安在房间里转来转去，一边在最不起眼的什么地方发现一件什么衣服，便一件一件地穿上。

"啊，天！"他立刻高声喊道，"还有比穷艺术家更惨的吗？要是有个好人帮助我搞个展览会，我立马就会成名，就会有钱。"

他和我们一起吃晚饭，和丽迪亚玩了一会儿牌，半夜就走出去了。我写这一切，是为了显示一个典型的夜晚是如何快乐地有益地度过的。是的，一切都好，一切都美妙极了，我感觉成了另一个人，重新振作了，焕然一新，得到了释放（一间公寓房，一个妻子，柏林的无处不在的铁一般冰冷的愉快的冬天）等等。我不禁要奉献一段文学的习作——我想，从我目前创作这个令人心惊肉跳的故事来看，这是一种下意识训练。那个冬天所包含的隐蔽的细节都淡忘了，只有一个还残留在记忆里……它使我回想起屠格涅夫的散文诗……在钢琴伴奏下的吟唱："这些玫瑰多么美丽，多么新鲜。"请允许我在这儿用一点儿音乐。

从前有一个羸弱、下流但非常富有的人，名叫 X.Y. 先生。他爱上了一个令人着迷的年轻女人，哦，而她对他不感兴趣。一天，这个苍白而沉闷的人在旅行中碰巧注意到海边一个叫马里奥的渔夫，渔夫是一个快乐、壮实、被太阳晒黑的人，尽管这样，渔夫还是奇迹般地十分像他。我们的主人公生起了一个美妙的念头：他邀请那年轻女人到海边来。他们住在不同的旅馆里。第一天上午，她走出去散步，在悬崖顶上看到 X.Y. 先生——谁？那真是 X.Y. 先生吗？哦，不可能！他正站在下面的沙滩上，快快乐乐，被太阳晒得黑黑的，穿着一件条纹运动衫，壮实的手臂裸露着（但那是马里奥！）。这姑娘回到旅馆，浑身发抖，等着，等着！黄金的时刻就这么变成了铅块……

同时，真正的 X.Y. 先生躲在一棵月桂树后面，看见她瞧了马里奥，那个与他相像的人（他也给她的心以真正成熟的时间），穿着一件城里的西服，系着一条紫色的领带，在村子里闲逛。突然，一个穿着红裙子的褐肤色的打渔姑娘在一家农舍的门槛上喊他，伴着一种拉丁民族表示惊讶的手势叫道："你穿得多么漂亮呀，马里奥！我总以为你是一个简单的粗俗的渔夫，像我们所有的年轻渔夫一样，我以前不爱你；但现在，现在……"她将他拉进农舍。喃喃细语的嘴唇，鱼与发油混合在一起的味儿，令人燃烧的抚摸。时间飞快地逝去……

最后，X.Y. 先生张开了眼睛，回到旅馆，在那儿，他的亲爱的，他的惟一的爱，正在热切地等待着他。"我曾经是瞎子，"他走进房间时，她大声说，"由于你在阳光灿烂的海滩光裸了你古铜色的身子，我的视力恢复了。是的，我爱你。在我身上，你想做什么就做什么吧。"喃喃细语的嘴唇？令人燃烧般的抚摸？时间飞快地逝去？不，哦，不——绝不。只是挥之不去的鱼腥味儿。这可怜的人儿被他最近的行为完全消耗殆尽了，他坐在那儿，非常阴郁而颓唐，想想他真是一个傻瓜，他自行叛变并取消了自己的计划。

我自己明白这一切是非常平庸的玩意儿。在写作的过程中，我有这样的印象，我正在创作非常有才华的、智慧的东西；有时候，同样的事情也发生在梦中：你梦到自己作了一个最精彩的演讲，但醒过来以后，当你回忆一切的时候，你只记得这毫无意义的"除了在进茶点之前沉默外，在泥沼之中、在众目睽睽之下我也是沉默的"，等等。

另一方面，那赋有奥斯卡·王尔德风格的小小说非常适合报纸的文学专栏、文学专栏的编辑，特别是德国编辑，喜欢给读者这种矫揉造作又略带放荡味的小小说，一共四十行，小说具有一个优雅的主题和没有知识的人所谓的悖论（"他的谈话闪耀着悖论的光辉"）。是的，一个微不足道的故事，只要使唤一下笔就是了，但我是在一种痛苦和恐怖的状态中，写这些多愁善感的蠢话的，我咬着牙，愤懑地将所有纽扣解开，完全意识到这根本无法使我解脱，而只是一种更为巧妙的自我折磨而已，用这种方法我永远也不能使我布满尘垢的蒙昧不明的灵魂自由，而只会使事情更加糟糕。当我告诉你这一切，你一定会惊讶不已。

　　我多多少少是在这种心境中迎来新年前夜的；我记得那漆黑如尸体般的夜，那晚愚钝的母夜叉，凝神屏息，倾听敲打那圣餐时刻的钟声。据披露，丽迪亚、阿德利安、奥洛维乌斯和我坐在一张桌边，凝神不动，像纹章人像一样僵硬。丽迪亚的胳膊肘搁在桌上，她的食指警觉地抬起，肩膀裸露着，衣服色彩斑驳，就像一张扑克牌的背面；阿德利安围着膝毯（因为阳台门开着），他肥胖的狮子般的脸上映着红光；奥洛维乌斯穿着一件黑色的长礼服，眼镜片闪着光，垂下的领子将他精致的黑领带的头儿吞没了；而我，人性的闪电，照亮了这一切。

好极了，你又能动弹一下了，把那瓶酒喝完，钟声快要敲响了。阿德利安将香槟倒出来，我们重又像死人一般纹丝不动了。奥洛维乌斯从眼镜片上斜视出来，瞧那放在餐桌布上的他的旧银怀表；还有两分钟。街上有人怎么也耐不住了，大声地高喊了一下；接着便又是那紧张的沉默。奥洛维乌斯瞧着他的怀表，他那年迈的、指头像鹫头飞狮爪般的手缓缓地伸向酒杯。

陡然间，夜空开始撕裂开来；从街上转来欢呼声；我们拿着香槟酒杯走了出去，像国王一样，来到阳台。烟火呼啸着冲向大街的上空，轰的一声炸裂成五光十色的泪花点点；在所有的窗口，所有装饰着楔形和方形节日灯火架的阳台，在点着节日灯火的广场上，人们站着，一遍又一遍地高呼着同样愚蠢的欢呼声。

我们四个人碰杯；我从我的酒杯里呷饮了一口。

"赫尔曼在喝什么？"丽迪亚问阿德利安。

"不知道，也不去管它，"后者说，"不管怎么样，他今年将被砍头。因为隐瞒利润。"

"去你的，说得多难听！"奥洛维乌斯说，"我为普世的健康干杯。"

"好极了，"我说。

几天后，在一个星期日上午，当我正准备跨进澡盆时，女佣来敲门；她不断说着什么，因为自来水声，我一点儿也听不清："什么事？"我吼道。"你要干什么？"——但我的声音和水声压住了埃尔西的声音，每一次她开始说话，我就又吼起来，好像两个人在一条宽阔的完全空旷的人行道上对走，谁也躲不开对方一样。我终于关上了水龙头，奔到门口，在突然降临的沉默中，埃尔西孩子般的嗓音说：

"先生，有人找您。"

"一位男子？"我问，打开了门。

"一位男子，"埃尔西重复说，仿佛在评论我的裸体。

"他想要干什么？"我问，我不仅感到浑身出汗，而且真的看见自己从头到脚都是汗珠。

"他说是商务上的事，先生，他说你知道。"

"他长什么样？"我着重地问。

"等在大厅里，"埃尔西说，用绝对的冷漠瞧着我珍珠般的盔甲。

"什么人？"

"好像很穷，先生，背着一个背包。"

"叫他滚蛋！"我大声吼道。"叫他立刻滚蛋，我不在家，我不在城里，我不在这个世界。"

我砰然关上门，拉上门闩。我的心似乎要跳到喉咙里。大约半分钟过去了。我不知道我到底是怎么回事，我高声喊叫起来，我突然打开门，仍然裸露着，从浴室里跳将出去。在过道，我与埃尔西撞了个满怀，她正往厨房走去。

"拦住他，"我喊道，"他在哪儿？拦住他。"

"他走了，"她说，礼貌地从我的并非有意的拥抱中解脱出来。

"你到底为什么要——"我说，但没有说完，便跑开了，穿上鞋子、裤子、大衣，奔下楼去，冲到大街上。阒无一人。我走到一个街角，在那儿站了一会儿，瞧了一下我的周围，然后回到屋里去。我一个人在家，丽迪亚外出了，她说她去见一个女性朋友了。当她回来，我告诉她我感觉不好，不和她按计划好的去咖啡馆了。

"可怜的人儿，"她说，"躺一会儿，吃点儿什么药吧；家中有阿司匹林。好吧。我一个人去咖啡馆。"

她走了。女佣也走了。我痛苦地倾听着门铃，期待着它打响。

"一个笨蛋，"我不断地说，"一个多么不可思议的笨蛋！"

我处于一种可怕的、相当病态的恼怒之中。我不知道该怎么办，我要向一个并不存在的上帝祷告，祈求门铃响起来。当夜幕降临，我也不打开灯，仍然躺在长沙发里——倾听着，倾听着。在前门入夜锁上之前，他肯定会来的，即使他不来，嗯，那么，明天，或者后天他肯定、肯定会来。如果他不来，我会死的——哦，他一定会来……在大约八点钟的时候，门铃终于响了起来。我冲到门口。

"啊，累死了！"丽迪亚走进来，脱下帽子，甩着她的头发时，毫无拘束地说。

阿德利安陪伴着她。他和我到客厅去，我妻子则在厨房里忙。

"寒冷是朝圣者和饥饿！"阿德利安说，在中央空调那儿暖着手心，引了诗人涅克拉索夫[1]的一句话，但引错了。

一阵沉默。

"不管你怎么说，"他继续说，瞅着我的肖像画，"是相像，事实上，相像极了。我知道我很自满，但，真的，我每次有幸见到它，就会情不自禁地赞叹这相像性。你干得棒极了，我亲爱的朋友，又把你的唇髭刮掉了。"

"晚饭好了，"丽迪亚在餐室轻轻地吟唱道。

我不能碰我的食品。我不断地用一只耳朵倾听我寓所的门，虽然夜已经很深了。

"我有两个美梦，"阿德利安说，将火腿一层层地叠起来，

1　Nikolay Alekseyevich Nekrasov（1821–1877），俄国民主主义诗人。

就好像是饼似的，他津津有味地嚼起来，"两个天堂般的美梦：办展览和到意大利旅游。"

"这家伙一个多月没沾一滴伏特加了，"丽迪亚解释道。

"讲到伏特加，"阿德利安说，"佩莱勃洛道夫来看过你吗？"

丽迪亚将手放在嘴上。"说漏嘴了，"她在手指缝里说，"绝对。"

"从没见过这么个笨蛋。我曾经请她告诉你……这是一个穷艺术家——名字叫佩莱勃洛道夫——我的一位老朋友，就这么回事。你知道，他徒步从但泽[1]走到这儿，至少，他自己这么说。他卖手绘的烟盒，所以，我给了他你的地址——丽迪亚认为你会帮他的。"

"哦，是的，他给我打了一个电话，"我答道，"是的，他给我打了一个电话。我对他说见鬼去吧。要是你不再给我送来各种各样吃闲饭的流氓，我会非常感谢你的。请告诉你的朋友不要劳他驾再来了。真的——太过分了。谁都认为我是一个职业慈善家。去你妈的那个叫什么来着的笨蛋——我根本不会……"

"得了，得了，赫尔曼，"丽迪亚温和地插进嘴来。

阿德利安的嘴唇发出了一声巨响。"真是可悲，"他说。

我继续生了一阵闷气——不记得真正说了什么——这并不

1　Danzig，格但斯克的旧称，波兰北部海港城市。

重要。

"看来，"阿德利安说，斜睨了一眼丽迪亚，"我瞎掺和了。对不起。"

我突然沉默下来，坐着沉思着，搅拌茶，茶里的糖早化了；过了一会儿，我大声地说：

"我真是一头蠢驴。"

"哦，喂，别太敏感了，"阿德利安脾气很好地说。

我的蠢行让我直发乐。我怎么没想到，要是菲利克斯真的来了（考虑到他压根儿不知道我的名字，他的来到本身就是一个奇迹），女仆一定会惊讶不已，因为站在她面前的是一个和我完全一样的人！

既然我想到了这一点，我便真切地幻想这姑娘的惊愕，她会如何奔到我跟前来，喘着气，抱住我，喃喃说着我们奇迹般的相像。我会跟她解释说，这是我的一个兄弟，从俄罗斯来的；我没想到他会来。由于我在荒唐的痛苦中独自一人已经有一整天了，我没有因他的来到而感到惊诧，我反而一直在琢磨下一步会发生什么——他会永远离开，还是会回来，他葫芦里到底卖什么药，他的来到是否会损害我的还没有泯灭的、荒诞的、奇妙的梦；或者，要是有熟悉我脸的二十个人在街上见到他，这是否会使我的计划流产。

这么思索了一番我能想到的缺陷，危险很容易地排除了之后，正如我前面提到的，我感到全身充溢了快乐和善意。

"我今天有点儿神经质。请原谅我。说真的，我压根儿没有见到你的令人愉悦的朋友。他来得不是时候。我正在洗澡，埃尔西告诉他我不在家。听着：当你见到他时，请把这三马克给他——我很高兴做我力所能及的——告诉他我再没有别的能力了，他最好去找别的人——也许可以去找符拉基米尔·伊萨科维奇·达维多夫。"

"那倒是个好主意，"阿德利安说，"我自己会到那儿去喝上一口。顺便说一句，那佩莱勃洛道夫老兄可能喝啦。问我的那个姨妈，她嫁了一个法国农夫——我告诉过你关于她的事儿——一个非常活跃的女人，但非常小气。她在克里米亚有些地产，在一九二〇年的战斗中，我和佩莱勃洛道夫把她地窖里的酒全喝完了。"

"至于到意大利去旅游——嗯，看情况吧，"我说，微微一笑，"是的，看情况吧。"

"赫尔曼有一颗金子般的心，"丽迪亚说。

"亲爱的，请将香肠递给我，"我说，像原来一样地微笑。

在那时，我仍然不明白我心里在想什么——但现在我知道了：对于与我相像的那个人的激情，虽被压抑，但仍然以无法抗拒的势头又重新燃烧起来。我开始意识到在柏林出现了一个模模糊糊的中心点，一种迷乱不堪的力量迫使我围着它越来越近地团团转。深蓝色的邮箱，那黄色的车轮鼓鼓的、在装着铁条的车窗下印着黑羽毛鹰标志的邮车；邮包挂在肚前、缓步而行的邮差（那种特殊的富人般悠闲的缓步而行显示他是一个颇有经验的邮差），地铁车站往外吐邮票的自动售票机；或者一些小邮票店，它们拥有来自世界各地的叫人欢喜得了不得的驳杂的邮票，装在有玻璃纸窗口的封套里；简言之，所有和邮递有关的东西开始对我产生一种奇异的压力，一种无情的影响。

我记得有一天，我梦游般地来到我非常熟悉的小巷，我在那儿，向我的存在的支柱——一个磁性点——越靠越近；但我猛吃一惊，清醒过来，逃逸了；不久——在几分钟内或在几天内——我又发现我走进了那条小巷。正是送信的时刻，十几个穿蓝色衣服的邮差悠闲地向我走来，在街角又悠闲地散开。我转过身，咬自己的大拇指，我摇头，我仍然在竭力抗拒着；在明白无误的本能的疯狂驱动下，我知道信就在那儿，等待着我去拿，我迟早会抵御不了那诱惑的。

七

首先，让我们引一句座右铭（并不是专为此章的，而是为一般的概念）：文学是爱。现在我们可以往下写了。

邮电局里黑黝黝的；每一个柜台前站着两三个人，大部分是妇女；在每一个柜台的小窗口前，显出一位职员的脸，就像一幅变色的肖像画。我找九号……在走向它之前我动摇了……邮电局中央有一些写字台，我往那儿慢慢走去，自己骗自己，仿佛我真有什么要写的：在一张我从口袋里找到的旧票据背后，我开始潦草地书写脑子里随意想到的字。公家提供的钢笔发出吱吱的声响，我不断地将钢笔往墨水池里、往那黑色的缸里蘸；我的胳膊肘撑在那白的吸墨纸上，吸墨纸上涂满了无法辨认的线条。这些胡乱涂抹的字，前面都有一个负号，这总是让我想起镜子：负 × 负 = 正。这使我想到也许菲利克斯也是一个负我，也许那是一个非常重要的思路，我没有彻底地将它思索清楚，我错了，哦，错极了。

同时，我手中这容易损耗的钢笔不断地吐出字来：停止不了，停止不了，停，不，去他妈的。我将纸条揉成一团，捏在手心里。一个胖胖的等得不耐烦的女人挤过来，将笔拿了去，我手中便空空的了，她的海豹皮屁股一扭，将我顶到了一边。

突然，我发现自己站在九号柜台了。一张蓄沙色唇髭的大脸询问般地望着我。我轻声说了暗号。一只食指上套着黑橡皮套的手给了我不是一封信，而是三封信。现在看来那一切似乎发生在一刹那间；随后，我便行走在大街上，手按着胸口。我一走近一条长凳，便坐下来，将信打开。

在那儿竖立个什么纪念的东西吧；比如，一根黄色的杆儿。让那段时光在空间也留下一个痕迹吧。我在那儿，坐着读信——突然我意想不到地无法抑止地哈哈大笑起来，几乎要将我哽塞住。哦，有礼貌的读者，这是些讹诈的信！一封可能谁都不会去拆封的讹诈的信，一封寄往邮电局的讹诈的信，只有在事先约定好的暗号下才能取到，也就是说，这封信直言不讳地说，寄信的人不知道他与之通信的人的名字和地址——那真是一个十分可笑的悖论！

在这三封信的第一封信（十一月中旬）中，讹诈的内容仅仅是预兆性的。那信说，它对我非常恼怒，它要求得到解释，它似乎和它的作者一样抬起了眉毛，准备随时调皮地那么笑一下；他说，他不理解，他非常想理解为什么我的行为如此神秘，为什么在深夜进行偷窃，却不拿东西。他有所怀疑，但不愿将这些怀疑说出来；如果我做了我应该做的，他准备将这些怀疑埋在心里；他很有尊严地表示了他的犹豫，他也很有尊严地要求得到答复。信写得非常不符合语法，夸张，这种混杂正是他的自然的风格。

在第二封信（十二月底。真有耐心！）中，这一内容便更为明显了。现在清楚了他为什么要给我写信。对于那一千马克的记忆，对于那掠过他眼前、又瞬间即逝的灰蓝色景色的记忆啮噬着他的心；他因为他的贪婪而受到彻头彻尾的自责，他舔着他干裂的嘴唇，因为让我走了，他无法原谅自己，从而被那窸窣声所蒙骗，使他的手指尖痒痒的。所以，他给我写信，他准备再接受一次我的会见；最近，他把事情又思索了一遍；如果我婉言谢绝见他，或者根本不回信，他将不得不——就在这儿，啪，一摊大大的墨迹，这家伙故意涂上去的，目的是要让我迷惑，他自己也压根儿不知道要宣称什么样威胁的手段。

最后，这第三封写于一月的信，就他的水平来说，是一封真正的杰作。与其他两封信比较，我更为清晰地记得它，因为我将它保存得更为长久些：

没有收到关于我前几封信的回应在我看来是采取某种手段的时候了但还是再给你一个月的时间考虑在这段时间之后我将

径直到你的行为将受到公正审判的地方去如果我在那儿也找不到对如今拒绝被腐蚀的人的同情的话我将采取行动至于是什么样的行动你完全可以自己去想象我认为如果政府不想惩罚骗子结束欺骗的话每个公民都有义务打击这种坏蛋使国家也无可奈何地作出回应考虑到你个人的处境考虑到仁慈和顺应你的意愿我准备放弃我的计划不胡作非为任何事情条件是在此月中你给我寄一笔相当的款项作为对所有这些我经历的忧虑的补偿至于这笔款项是多少请你自己定夺。

　　签名："麻雀"，下面是一家外地邮电局的地址。

　　我花了很长时间读最后那封信，那信有一种哥特式的魅力，我的循规蹈矩的翻译很难恰当地将它表述出来。它所有的特点都让我感到高兴：那庄严的流动的字，不用一个标点符号来约束它；这么一个瞧上去不会加害任何人的人表现出来的傻气，只要他能得到钱，他暗示同意接受任何建议，不管这些建议是多么让人讨厌。最让我高兴的是——我的愉悦是如此的强烈和成熟，几乎达到无法承受的地步——菲利克斯不用我的提示，自己重又出现了，并愿意为我服务；不，还有：并命令我利用他的服务，除了做我希望的事情以外，他消除了随着致命事件的进展我可能负的任何责任。

我坐在长凳上，哈哈大笑起来，笑得浑身颤抖。哦，不管怎么样，在这儿立一座纪念碑吧！（一根黄色的杆儿）他怎么会有这个想法的——这个笨蛋？由于心灵感应，他的信件会告诉我它们的到来，在阅读了信件的内容后，我会神奇般地相信他幻想出来的威胁的威力吗？多有趣啊，我竟然感到信件在九号柜台等待着我，我准备回这些信，换句话说，他——以他傲慢的愚蠢——猜想的一切果然发生了！

　　当我坐在那条长凳上，将信件搂在我燃烧的怀抱中时，我突然意识到我的计划最后形成，一切，几乎一切都解决了；只剩下几个细节还没有想好，但处理这几个细节并不是难事。在这些事情中难事意味着什么呢？从我第一次见到菲利克斯那一刻起，一切都自然而然地进行、发展、融合，按部就班地形成它们现有的形式。

　　啊，当与此事真正有关的数学符号、行星的运动、自然规律毫无障碍的运作都处于完全的和谐之中，为什么还要谈论难事呢？我的美妙的计划不用我使劲便开展起来；是的，一切都在我的意料之中；当我问自己给菲利克斯写什么时，我毫不惊讶地发现信就像现成的贺电一样已经存在于我的脑中，多花一点儿钱，便可以发给刚结婚的新人了。你只须在印刷好的表格的空白处填上日子便可以了。

让我们来谈一谈犯罪，作为艺术的犯罪；以及打牌的窍门。我现在被大大地激发起来了。哦，柯南·道尔，你的两个人物让你感到厌烦时，你仍然可以完成你的创作，这是多么神奇呀！你错过了一个什么样的机会，一个什么样的主题！因为你本可以再写一个故事，结束这整个歇洛克·福尔摩斯的传奇；这最后的插曲使其他的一切变得更为美丽：那故事中的谋杀者不应该是那单腿的书店老板，也不是那名叫清的中国人，也不是那穿红色衣服的女人，而是这些犯罪小说的记录员华生医生本人——华生，他自己知道，比方说，华生是什么人。对于读者，这是一个叫人惊叹不已的惊讶。

道尔，陀思妥耶夫斯基，勒布朗，华莱士——他们是什么人，那些创造了聪明的罪犯的伟大的小说家是什么人，所有那些从没读过这些聪明的小说家的伟大的罪犯是什么人——和我相比，他们是什么人？犯错的笨蛋！就创作的天才而言，我肯定得益于机遇（我的与菲利克斯的相遇），那点儿幸运正好适合于我创造的环境；我抓住了它，利用了它，而另一个处于我的地位的人也许不会那么做。

我的成就等同于一场预先安排好的比耐心的牌戏；首先，我亮出一副牌，使它绝对能成为一副赢牌；然后，我收回那副牌，将顺序兜底儿换一下，把原先准备好的牌给别人，心中完全肯定那副牌会出现的。

我的无数先辈的错误就在于他们将重点放在行动本身，重视随后去除所有的痕迹，而不是以最自然的方式去行动，最后水到渠成，这行动不过是一系列行动中的一个环节、一个细节、一本书里的一行字而已，它必须从所有以前发生的事件中逻辑地推断出来；这就是所有艺术的本质。如果行动得到正确的计划和实行，那么，创造性艺术是如此的有力，即使罪犯在第二天上午就坦白了，谁也不会相信他，艺术的创造包含比生活的现实更多的内在真理。

我记得当我坐着在膝盖上读这些信时，所有这些都在我的心灵里旋转，一会儿这件事，一会又是那件事；现在，我要稍微修改一下我刚才说的话，（美妙的艺术作品往往是这样的，人们长期地拒绝理解、承认它，拒绝它的魅力）一个完美的罪愆所包含的天才是不为人们所承认的，它不会使人们去奇思梦想；相反，他们竭力挑出点东西来找岔子，挑出点东西来刺激作家，尽可能地伤害他。当他们认为他们找到了他们一直在追寻的小错，请听听他们的哄笑和嘲弄吧！但，是他们错了，而不是作家；他们缺乏他的敏锐的洞察力，不能从平凡之中洞察出不平凡的东西，而作家却能看到其中的奇妙所在。

在我笑了个够，平静地、清晰地思考下一步要做的事之后，我将第三封，也是最恶毒的那封信放进了袖珍笔记本里，将其他两封信撕了，碎片扔进了临近的矮树丛里（碎片马上吸引来了几只麻雀，它们以为是面包屑呢）。然后，我到办公室去，打了一封信给菲利克斯，具体说明他应该什么时候到什么地方来；在信中放了二十马克，又走了出来。

我紧紧抓住信，不敢有任何松弛，信就悬在深渊的裂缝[1]之上。就好像跳进冰冷的水中，就好像从一个燃烧的阳台跳进看上去像是洋蓟的心中，现在就很难摆脱了。我吞咽了一下，我感到有种奇怪的东西沉到了胃底；我仍然抓着信，沿大街走去，在遇到的下一个邮箱面前停了下来，在那儿，一切又重复了一遍。我带着信，又继续往下走，在这巨大的白色重负下，我快受不了了，在一个街区的尽头，我又来到一个邮箱面前。我的犹豫不决变成了一件麻烦事儿，考虑到我的意愿的坚定性，这真是毫无道理、毫无意义的；也许它可以作为一种外在的机械的犹豫不决，作为一种肌肉拒绝松弛而得到解脱；或者，更好一点，正如一位马克思主义的观察家说的（我经常说，马克思主义接近绝对真理）——这可能是总不愿放弃财产的有产者的犹豫不决（这是有产者的本质）；值得注意的是，对我来说，关于财产的思想不仅仅是我寄的钱，而且是有关我

---

1 chink，指邮筒的递信口。

放进信中的灵魂的一部分。不管怎么样，当我走近第四或第五个信箱，我克服了犹豫。我那时清晰地知道，正像我现在清晰地了解我得写下这个句子一样——我知道没什么事情能阻止我将信塞进信箱的口中去，我甚至预先想到在投了信之后我的小动作——将一个手心往另一个手心上擦一下，仿佛手套上留下了信的污垢，信一旦投了，就不是我的了，那它的尘埃也不是我的了。信一旦投了，事情便做好了（这就是我想象的手势的含意）。

但我没有将信投出去，而是站在那儿，像原先那样忍受我的压力，从眉毛下瞧着两个在我附近人行道上玩耍的小姑娘：她们轮流滚彩虹弹子，将它们滚进路缘附近的土洞里。

我选择两个小姑娘中较小的那个——她是一个羸弱的小玩意儿，深色头发，穿着一件格子长外衣（在寒冷的二月天她却不冷，真是奇迹），我拍拍她的脑袋，说："喂，我亲爱的，我的眼力不好，我怕看不清那口子；请帮我将这封信投进那儿的邮箱中去。"

她抬头望了我一眼，从蹲着的姿势站起来（她的小脸有一种半透明的白皙，美极了），拿了信，对我圣洁地一笑，长长的睫毛往上扬了一扬，便往邮箱跑去。我并不想看余下的一切，眯着眼（这是应该注意到的）跨过大街，仿佛我真的看不清路：为艺术而艺术，因为周围压根儿没人。

在下一个街角，我溜进了一间玻璃公共电话亭，给阿德利安打电话：有必要对付他一下，因为我早就想好，这个爱管闲事的肖像画画家是我惟一应该小心防着的人。是模仿近视这一动作促使我立刻对阿德利安采取行动的吧，这是我早就想做的，还是由于我总提醒自己小心他的可怕的眼睛，这使我想到假装近视，这个问题让心理学家去回答吧。

哦，顺便说一下，我怕忘了，那孩子会成长起来，她会变得很美丽，也许幸福，她将永远也不会知道她在一个多么怪诞的事件中做了一个中间人。

还可能有另一种情况：命运，不会容忍这种盲目而天真的中间人，命运因为其大量的经历、各种各样骗取信任的把戏和竞争造成的仇恨而变得小肚鸡肠，它也许会因这小姑娘的介入而残忍地惩罚她，让她独自去纳闷——"我做了什么会变得如此不幸？"她将永远，永远，永远无法理解。但我的良知是清楚的。不是我写给菲利克斯的，而是他写给我的；不是我给他寄回信的，而是一个不认识的孩子。

当我到达下一个目的地，一个令人愉悦的咖啡馆，在咖啡馆前，在一个小小的公共花园内，有一座喷泉，池底巧妙地用多色灯光打在泉柱上面，以前夏夜通常会喷出变色的泉水来

（但现在花园光秃秃的，荒芜了，也没有彩泉闪烁了，咖啡馆的厚重的门帘在与漫游的穿堂风的阶级斗争中胜利了……我写得多么活灵活现，我是多么的沉静，我自我控制得多么完美）；正如我说的，当我到达时，阿德利安已经坐在那儿了，一看见我，他抬起手，打了一个罗马式的招呼。我脱下手套、帽子、白色的丝绸围巾，在他旁边坐了下来，往桌上扔了一盒昂贵的香烟。

"有什么好消息吗？"阿德利安问，他总是特别傻乎乎地跟我说话。

我叫了咖啡，开始大概说了这些：

"嗯，是的，有给你的新闻。最近，我的朋友，我很担心你会完蛋。正如普希金在什么地方说的，或者他应该这么说的，一个艺术家没有情人和华贵缎是没法活的。由于你所经历的艰苦，由于你沉闷的生活方式，你的才能在消融，姑且这么说吧，在衰退；没有迸发，就像花园那儿的彩色喷泉在冬天没有喷发一样。"

"谢谢你的比喻，"阿德利安说，似乎有点儿受到伤害了，"那糟糕的玩意儿……那用深褐色风格画的画。你知道，我不愿讨论有关我的才能的问题，因为你关于 ars pictoris[1] 的概念无

---

1 拉丁文，图画艺术。

疑达到了……"（在这儿，无法将他的双关语说出来。）

"丽迪亚和我常常谈到，"我继续说，没有在意他的蹩脚的拉丁语和庸俗，"谈到你的困境。我觉得你应该改变一下你的环境，重新充实你的心灵，吸收新的印象。"

阿德利安缩了缩身子。

"环境和艺术有什么关系？"他嘟嘟囔囔地说。

"不管怎么样，你目前的环境对你来说是灾难性的，所以，我想，非常有关系。你用来装饰女房东餐室的那些玫瑰和桃子，那些可敬的公民的肖像画，在这些可敬公民的家，你挖空心思想蹭一顿饭——"

"好啊，真妙……挖空心思！"

"……它们全是出色的，甚至充满了才华，但——请原谅我的坦率——难道你不认为它们非常单调，非常勉强吗？你应该住到有阳光的地方去：阳光是画家的朋友。我看得出来，这个话题你不感兴趣。让我们谈谈其他的事儿吧。比方说，告诉我你的那块地现在怎么样？"

"天晓得。他们不断地给我寄用德文写的信；我得请你翻译，但它们叫我无聊得要死……得，我要么丢了，要么一收到它们就撕了。我知道他们要额外再加钱。明年夏天，我要在那儿建一座房子，那就是我要做的。我想，他们也不可能将房子下面的土地抽走。我亲爱的朋友，你谈到换个地方。说下去，我正听着。"

"啊，没什么用，你不感兴趣。我说的是常识，而常识却使你恼怒。"

"天啊，我为什么要恼怒呢？正相反——"

"不，那没用。"

"你提到意大利，我的老兄。说下去。我喜欢这话题。"

"我还没有提到它呢，"我笑着说，"但既然你说了那个词……我说，难道这儿不美好、不舒适吗？有传言说你戒了……"——接着我用手指轻轻弹一下我的下巴，发出瓶颈处的汩汩声。

"是的。完全戒酒了。但现在我不会拒绝喝上一口的。和朋友共饮，你明白我的意思。哦，好极了，我只是在开玩笑……"

"这样更好一些，因为那不会有什么结果：没有什么能让我紧张的。就那么回事。嗨呵，昨晚我睡得多么糟糕！嗨呵……啊！失眠太可怕了，"我继续说，透过眼泪瞧着他，"啊……请原谅我这么打哈欠。"

阿德利安沉思地笑一笑，将小勺放在手里把玩。他长着狮子般鼻梁的胖脸向前倾；他的眼睑——上面泛红的疣子充当睫毛——半遮着他的令人厌恶的放光的眼睛。突然间，他瞟了我一眼，说：

"如果我到意大利去，我会画一些好画的。我卖了它们，马上就能还债了。"

"你的债务？你欠债？"我嘲笑地问。

"哦，不谈这个了，赫尔曼·卡洛维奇，"他说，我想他第一次用了我的名字和父名称呼我，"你一定明白我想说什么。借我二百五十马克，或者借我美元，我会在佛罗伦萨所有的教堂里为你祷告。"

"首先拿上这些去付你的签证费，"我一边说，一边打开钱包，"我猜想，你的护照一定是一个胡闹的玩意儿[1]，而不是像所有正派人那样持有的真正的德国护照。赶快去签证吧，否则你就要将这钱花在酒上面了。"

"握握手，老兄，"阿德利安说。

我们两人都沉默了一会儿，他是因为充溢了激动之情，而这种激动之情对我毫无意义，而我呢，则因为此事就这么结束了，没什么好说的了。

"妙极了的想法，"阿德利安突然喊道，"我亲爱的老兄，

---

1 "胡闹的玩意儿"，原文为 Nansen-sical passports，即南森护照（第一次世界大战后由国际联盟发给无国籍难民的旅行护照）；Nansen 与 nonsense（胡闹）发音相近。

你为什么不让丽迪和我一起去呢；这儿沉闷死了；这小女人需要点儿东西让她快乐。如果我独自走……你知道她是属于那种妒忌心重的人——她会一个劲儿想象我在什么地方碰到倒霉事儿了。真的，让她跟我离开一个月吧，呃?"

"她也许会晚一点儿来。也许我们两人一块儿来。我这个快累垮的奴隶早就筹划到一个遥远的艺术和晶莹的葡萄之乡去躲避一下了。好极了。恐怕我必须现在就走。两杯咖啡；就这些，对吗?"

八

    第二天早晨——还不到九点——我便前往中央地铁车站，在那儿，站在楼梯顶端一个战略性的位置上。在相同的间隙里，从那洞穴般的深处奔出一群拎着手提箱的人——沿楼梯往上迈步，往上迈步，推搡着，跺着脚，时不时的，有人的鞋尖会砰然一声踢到金属广告牌上，不知是哪家公司觉得将广告牌放在楼梯前方是明智之举。在顶端倒数第二级楼梯上站着一个年迈的乞丐，他背对着墙，手中拿着帽子（谁是第一个天才的乞丐，将帽子和他的职业需要如此完美地结合在一起？），他尽可能谦卑地佝偻着身子。更上面一点儿，是一排卖报纸的小贩，戴着鸡冠帽，身上挂着海报。那是一个阴郁的日子；虽然我穿着鞋罩，我的双脚还是冻得麻木了。我不禁纳闷，要是我不把我的黑皮鞋擦得锃亮，我的脚也许不会冻得这么糟糕：我不断地思索这个问题。最后，正如我猜想的那样，奥洛维乌斯于八点五十五分准时出现在深处。我立刻转过身去，走开了；奥洛维乌斯追上了我，回过头来，露出他极好的一口假牙。我们的相见有一种偶然的味道，这正是我所希望的。

"是的，我挡了你的路，"我回答，"我必须赶紧到银行去。"

"这鬼天气，"奥洛维乌斯说，在我的身边扭来扭去，"你妻子怎么样？挺好吧？"

"谢谢，她挺好。"

"你怎么样呀？不太好吗？"他继续有礼貌地问。

"是，不太好。神经紧张，失眠。这种小病以前让我感到挺逗，现在可让我烦了。"

"吃柠檬，"奥洛维乌斯插嘴说。

"……以前让我感到挺逗，现在可让我烦了。这儿，比方说——"

我干笑了一声，拿出我的袖珍笔记本。"我收到这封傻极了的讹诈信，它让我心事重重。如果你愿意的话，读一下它吧，这是一件奇怪的事。"

奥洛维乌斯停下脚步，仔细地读信。在他读信的当儿，我审视我们站的地方附近的商店橱窗：在那儿，两个澡盆和其他的厕所用品发出雪白的光，显得豪华而又空洞；隔壁的橱窗里放着棺木，而那也显得豪华且愚蠢。

"啧，啧，"奥洛维乌斯哼道，"你知道是谁写的吗？"

我将信塞进钱包里，窃笑一声，答道：

"当然知道啦。一个流氓。他曾经在我一位远亲那儿干过。如果不是个疯子，也是个不正常的家伙。他琢磨我家剥夺了他的继承权；你知道这是怎么回事：有了一个固定的想法，任什么也别想改变了。"

奥洛维乌斯向我详细解释疯子对一个社区的危害性，并询问我是否准备报警。

我耸了耸肩膀："胡说……不值得讨论……告诉我，你怎么看总理讲话——读了吗？"

我们继续肩并肩走下去，随意地讨论国外和国内政治。在他办公室的门口，我开始脱去——如俄罗斯礼貌所需要的——手套，手伸了出去。

"你这么神经质，这不好，"奥洛维乌斯说，"我请求你代为问候你妻子。"

"我会的。只是你知道，我非常妒忌你的单身生活。"

"为什么？"

"是这样的。说起它让我痛苦，但，你知道，我的婚姻生活并不幸福。我妻子有一颗轻浮的心——嗯，她对别人感兴趣。是的，冷漠而吹毛求疵，我就是这么说她的，如果我碰巧……呃……你知道我是什么意思，她不会哭很长久的。请原谅我，说了这些私人的痛苦。"

"我早就注意到了，"奥洛维乌斯说，悲哀地点点头，显出一副智慧过人的样子。

我握了握他毛茸茸的爪子，分手了。一切进行得都非常顺利。像奥洛维乌斯那样的老鸟是极容易用食饵来引诱的，因为一本正经加上多愁善感无疑就会使人变成一个完美的傻瓜蛋。当他急于要表示同情所有的人时，当我污蔑我的堪称楷模的妻子时，他不仅站在高贵的可爱的丈夫这一边，而且还私下里表示他已经"注意到了"一两件事（正如他说的）。我本来还会讲得更多，看看那个半瞎的鹰在我们婚姻的万里无云的天际还能观察到什么。是的，一切进行得都挺顺利。我很满意。要不是那意大利签证没拿到，我还会更满意的。

阿德利安在丽迪亚的帮助下填了申请表，此后，他被告知半个月后拿签证（三月九日前我大约还有一个月的时间；在最坏的情况下，我还可以写信给菲利克斯改变日期）。最终，在二月底，阿德利安拿到了签证，买了车票。何况，我给了他一千马克——我指望这能维持他两到三个月。他安排三月一日动身，但不料他把所有的钱借给一个处于困境的朋友，正等着那人还钱。这真是一个相当神秘的事儿。阿德利安坚持说这是有关"信誉的事儿"。而我总是怀疑这种模棱两可的事儿有什么信誉可言——同时，请注意，这还没牵涉到借贷者本人的信誉，而总是第三、第四者的信誉，这些第三、第四者的名字从不披露。阿德利安必须借贷那钱（总是按照他的说法），而那人发誓三天内归还；这是封建伯爵后代一般借贷的时间期限。当那时间到期，阿德利安去找那个借钱的人，极自然的，他却已经无影无踪了。我气得要命，问阿德利安要那人的名字。阿德利安企图避开这个问题，说："啊，你记得吗——那个曾经拜访过你的人。"那让我简直暴跳如雷。

我重又沉静之后，要不是因为我缺钱而使事情复杂化，我也许会帮他的，看来身上放一点儿钱是十分必要的。我告诉他兜里揣着那张车票和几马克的钱尽管按计划出发。我说，我会给他寄余下需要的钱。他回答说，他就这么做，但要推迟几天出发，也许钱还能收回来。三月三日，他给我打电话，他说，我想他是相当不经意地这样说的，他已收到了还款，第二天晚上便会出发。不知什么理由，阿德利安将车票给了丽迪亚保管，而丽迪亚在四日记不起来她把车票放哪儿了。阴郁的阿德利安蹲在客厅的长凳上："没办法了，"他不断地嘟嘟囔囔道。"命运不让去。"从隔壁房间里传来推拉抽屉的砰砰声和纸的疯狂的窸窣声：丽迪亚在找车票呢。一小时以后，阿德利安放弃了，回了家。丽迪亚坐在床上痛苦地啼哭。五日她发现车票夹在准备洗涤的脏衣服里；六日她去给阿德利安送行。

火车十点十分出发。钟的分针指着，就像一只特种猎犬，一旦扑到了垂涎已久的时刻，就立刻冲向下一个目标。不见阿德利安。我们站在标着"米兰"字样的车厢外面。

"这到底是怎么回事，"丽迪亚担心着，"为什么他不来？我真担忧。"

与阿德利安出行有关的这一切可笑的事情使我如此生气，我生怕我会松开咬紧的牙齿，在车站月台上抽起风来。有两个脏兮兮的人，一个穿一件蓝胶布雨衣，另一个穿一件看上去像俄罗斯式的大衣，羔皮领子已虫蛀了，走过来，避开了我，热情地向丽迪亚打招呼。

"为什么他没来？你们知不知道发生什么事了？"丽迪亚问，用担惊受怕的神色望着他们，手中拿着那一小束紫罗兰，她是特地为那畜生买的。穿蓝雨衣的那个人伸开双手，而那羔皮领子却以一种浑重的声音说：

"Nescimus。[1] 我们不知道。"

我感到我再也不能控制自己了，猛地一转身，往出口走去。丽迪亚在后面追我："你到哪儿去，再等一会儿，我肯定他会……"

正在此时，阿德利安出现在远处。一个一脸严肃的衣衫褴

---

1 拉丁文，不知道。

褛的人用胳膊肘扶着他，手中拿着他的旅行提包。阿德利安酩酊大醉，简直无法站稳；这一脸严肃的家伙嘴中也喷出股股酒气。

"啊，亲爱的，他不能就这样走，"丽迪亚喊道。

阿德利安一脸通红，一身湿兮兮的，恍恍惚惚，踉踉跄跄，没有穿大衣（模模糊糊盼望着南方的温暖），开始摇摇晃晃地跟人拥抱，口中淌着口水。我只是想法躲开他。

"我叫佩莱勃洛道夫，职业艺术家，"他的一脸严肃的同伴脱口而出，神秘兮兮地伸出一只不宜相握的手，仿佛那手拿着一张肮脏的明信片，往我这儿握来，"有幸在开罗的赌场遇见你。"

"赫尔曼，做点儿什么事吧！不能让他这样下去，"丽迪亚扯着我的袖口，哭喊着说。

这时，车厢门在一扇扇砰然关上。阿德利安高喊着，蹒蹒跚跚跟着一辆卖三明治和白兰地的小贩的车子，但是被一双友好的手拉住了。他突然一把紧紧抱住了丽迪亚，狂热地吻她。

"哦，宝贝，"他温情脉脉地说，"再见，宝贝，谢谢，宝贝……"

"喂，先生们，"我非常镇静地说，"能帮一下手把他抬进车厢去吗？"

火车开始滑行。阿德利安一会儿咧嘴笑着，一会儿咆哮着，把身子探出窗外。丽迪亚，一个穿着豹皮的绵羊，和车厢同时小跑着，仿佛会一直跟着它跑到瑞士去似的。当最后一辆车厢飞驰过去后，她还躬下身子去看那迅速逝去的车轮（一种民族的迷信），然后在身上划十字。她手中仍然紧紧握住那束紫罗兰。

啊，这是怎样的宽释……我深深地大声地唏嘘了一声。一整天丽迪亚都有点闷闷不乐，担心着，后来，来了一封电报，一行字："旅行愉快"——那安慰了她。我必须做一件最冗长的事：跟她谈话，劝说她。

我已不记得我是怎么开始的了：当我一回忆，谈话便在热烈地进行之中了。我看见丽迪亚坐在长沙发椅里，用一种茫然的惊愕瞧着我。我看见自己坐在她对面的椅子边上，时不时像医生一样摸一摸她的手腕。我听见我的平稳的声音不断地说着说着。首先，我告诉她一些事儿，我说我从来没有告诉过任何人。我告诉她关于我弟弟的事儿。当战争爆发时，他正在德国学习；在那儿被征入伍，和俄国人打仗。我总记得他是一个安静而忧郁的人。我父母惯常打我而宠他；他对他们没有多少爱，但对我却有一种简直难以置信的远远超出兄弟情谊的爱，到处跟随我，瞧着我的眼睛，喜爱我的一切，爱闻我的手帕，喜欢穿还存有我体温的衬衣，用我的牙刷刷牙。开始，我们共睡一张床，床的两端各有一只枕头，后来发现他不吮吸我的大脚趾睡不着，于是我被驱逐到一间杂物房的垫子上去睡，由于他坚持要半夜换着睡，我们不知道，亲爱的妈妈也不知道谁睡在哪儿。这不是反常——哦，绝对不是——这是他表述我们的相像性的最好的方式，我们是如此相像，连至亲也往往错认我们俩，随着年岁的增长，我们之间的相像性变得越来越完美。我记得当他前往德国，我给他送行时（那发生在普林西普[1]暗杀的枪声之前不久），这可怜的人儿哭得那么伤心，仿佛他预见到一个漫长而残酷的分离。月台上的人们瞧着我俩，瞧着这两个完全一样的青年人，两人的手互相扣住，以一种悲哀的激情互相注视……

然后发生了战争。当我在一个遥远的地方在监禁中痛苦地度着岁月时，我没有任何关于我弟弟的消息，只是有点肯定他被杀了。阴郁的岁月，黑暗的岁月。我告诫自己不要再去想他；即使后来我结婚了，也没有对丽迪亚说过哪怕一个字——这一切太悲伤了。

在我将妻子带到德国之后，一个表弟（他是一个只有很少

1　Gavrilo Princip (1894-1918)，南斯拉夫民族主义者，一九一四年六月二十八日在萨拉热窝刺杀奥匈帝国皇储斐迪南大公夫妇，引发第一次世界大战。

戏的角色，只要说一句道白）告诉我菲利克斯虽然活着，但道德上完蛋了。我从来没有得知他的灵魂是如何堕落的……想当然，大概他脆弱的心理结构无法承受战争的痛苦，同时想到我已经不在世了（奇怪得很，他也肯定他哥哥死了），他将永远见不到他爱慕的与他完全相像的人了，或者说得更文雅一点，永远见不到他自己人格的最佳版本了，这一思想摧残了他的心灵，他感到他失去了支撑和勃勃雄心，从此便得过且过了。于是，他堕落了。那个像乐器一样可以演奏出甜蜜音乐的人现在变成了一个小偷和伪造者，染上了毒瘾，最后犯了谋杀罪：他毒死了那个养他的女人。我是从他自己嘴里知晓这事儿的；甚至没任何人怀疑他——他把这整个罪恶掩盖得非常狡猾。至于我和他重新相见……得，那是极偶然的，一个在布拉格咖啡馆里非常出乎意料的痛苦的会面（其后果之一就是我改变了，我得了抑郁症，即使丽迪亚都注意到了）：我记得一看见我，他站起来，伸开双手，却往后一倒深深地昏迷过去，不省人事了十八分钟。

　　是的，太痛苦了。我发现他不再是那个懒散的喜欢做梦的温柔男孩了，已然变成一个唠唠叨叨的疯子，不断地扭动，心神不定。与我——这亲爱的老赫尔曼，穿着漂亮的灰西服，突然从死人堆里活过来了——重逢所带来的欢乐不仅没有使他的良知安静下来，而且反使他坚信在心中和一个谋杀者共处是完全不允许的。我们的谈话是可怕的；他不断地吻我的手，说再见。甚至侍者也哭泣了。

我很快意识到在世界上没有任何一种人的力量可以改变他做出自杀的决定；即使我也无能为力，我以前总是对他具有有效的影响力。我所生活的那几分钟是愉悦的。我设身处地想一下，我完全能想象他的记忆所给他带来的细微的折磨；啊，我看出他所面对的惟一的问题便是死亡。让任何人经历这样的考验是上帝不允的——也就是说，眼看一个人的弟弟委顿下去，却没有道德的权利使他免于这最后的毁灭。

问题的复杂性就在于：他的神秘的灵魂希冀得到赎罪，希冀牺牲：往脑袋上开上一枪对他来说似乎并不够。

"我希望将我的死亡作为一件礼物送给一个人，"他突然说，眼睛里充满了疯狂的宝石般的光，"使我的死亡成为一种礼物。我们两人仍然像从前一样相像。在我们的相像性中我看到一种神圣的愿望。将手按放在钢琴上并不意味着音乐，我需要的是音乐。请告诉我，如果用某种方式从地球上消失，你是否会得到好处？"

起先，我没有注意他的问题：我琢磨菲利克斯也许谵妄；咖啡馆一支吉卜赛乐队的音乐压过了他说的有些话；不管怎样，他后来的话表明他有一个完美的计划。原来这样！一方面，灵魂在深渊中受苦，另一方面，美好的商务前景。在他悲剧性命运的暗淡微光中和他迟到的英雄行为中，也就是说与我的利润、我的幸福有关的计划那部分，看上去愚蠢至极，就像，比方说，在一次地震中举行火车的通车典礼一样。

写我的故事的这一部分，我停了下来，双手交叉在胸前，靠在椅背上，定目凝视着丽迪亚。她似乎从沙发上滑到地毯上，跪着爬到我跟前，将脑袋贴在我的大腿上，细声细语地安慰我："哦，可怜，可怜的人儿，"她咕噜咕噜地说，"我为你，为你的弟弟感到遗憾……天啊，这世界上多少不幸的人们啊！他一定不能死，拯救一个人永远是可能的。"

"救不了他，"我说，我相信我脸上带着一种所谓的苦笑，"他下决心在生日那天去死；三月九日——也就是说后天；国家总统也无法阻止他。自杀是自我放纵的最糟糕的形式。人们所能做的就是顺应这殉道者的任性，把事情光明的一面说出来，让他知道他的自杀实际上是做了一件有用的好事——也许属于一种残酷的物质的性质，但不管怎么样，是有用的。"

丽迪亚抱住我的腿，抬头瞧我。

"他的计划是，"我继续用一种平淡的口气说，"我的生命，比方说，保了五十万的险。在一座森林的什么地方，发现了我的尸体。我的遗孀，那就是你——"

"哦，别说这些可怕的话，"丽迪亚哭喊道，从地毯上爬起来。"我刚读了这样的一个故事。啊，请别说了——"

"……我的遗孀，也就是你，拿这钱。然后她退居到国外一个偏僻的地方。过了一阵，我以一个假名和她会合，如果她好的话，甚至娶她。你瞧，我的真名将和我的弟弟一样死亡。我们相互很像，互不干扰，就像两滴血，他死了之后，将会更加像我。"

"请别说了，请别说了！我不相信没有拯救他的办法……哦，赫尔曼，多么狡猾！……他真正在哪儿？——在柏林这儿吗？"

"不，在德国的别处。你像个傻瓜似的不断地说：救他，救他……你忘了他是一个谋杀者、一个神秘的人。至于我，我不会拒绝能减轻和粉饰他死亡的哪怕一点点小事。你必须懂得我们在这里进入了一个更高的精神境界。当我对你说：'喂，老娘儿们，我的买卖糟透了，我要破产了，我已经厌烦一切，希冀到一个遥远的地方去，在那儿沉思，养鸡，让我们利用这少有的机会吧！'这是一回事儿。但我不会说这种话，虽然我在破产的边缘，且一直梦想，你知道，在大自然怀抱中生活。我真正会说的就是另一回事了，我真正会说：不管多么艰难，多么可怕，一个人是不可能拒绝他弟弟临死时的要求的，人是不能阻止他做好事的——即使是死后的好事。"

丽迪亚的眼皮颤跳起来——我对她总是很不敬——尽管我滔滔不绝，她仍然趴在我身上，将我抱得紧紧的。我们两人都在沙发上了，我继续说：

"拒绝那样的事儿将是一种罪恶。我不想犯这种罪恶。我不想将这种罪恶的重担压在我的良知上。难道你认为我没有反对他，和他说理吗？难道你认为接受他的好处我好受吗？难道你认为这些夜晚我睡得踏实吗？我最好告诉你，我亲爱的，自从去年以来，我很痛苦——我不愿我最好的朋友这么痛苦。我也是很在意那笔保险金的！但是请告诉我，我怎么能剥夺他最后的快乐呢——够了，谈这个有什么用！"

我将她推向一边，几乎将她推下长沙发，开始踱来踱去。我喘不过气来，我哭泣。血淋淋的情节剧的魔影在我周围旋转。

"你比我聪明一百万倍，"丽迪亚细声地说，双手互相绞扭着（是的，读者，dixi[1]，双手互相绞扭着），"但这一切是多么令人恶心，多么意想不到，我想这只能发生在书中……啊，这意味着……哦，一切都会改变——整个儿地改变。我们的整个人生！啊……比如，阿德利安怎么办？"

----

1 拉丁文，据我所知。

"去他的，去他的！我们在这儿讨论最伟大的人类悲剧，而你却插进来说——"

"不，我只是问问而已。你几乎让我昏眩，我脑袋里只觉得怪怪的。我琢磨——不是现在，而是将来——有可能见到他，跟他解释……赫尔曼，你以为如何？"

"别为芝麻小事儿担心。将来会解决一切的。真的，真的，真的，"（我的嗓音突然变成了一种尖厉的呐喊）"你是一个多么愚蠢的人！"

她哭泣起来，立刻变成了一个完全顺从的人，在我的胸口颤抖："请，"她结结巴巴地说，"请原谅我。哦，我是一个笨蛋，你是对的，请原谅我！发生了这么可怕的事。只有今天上午，一切才显得这么美好，这么亲切，这么随意。哦，亲爱的，我真为你感到遗憾。我将做任何你想要我做的。"

"我想要的是咖啡——我想咖啡想得要死。"

"到厨房来，"她说，将眼泪擦去。"我将做任什么事。不过，请跟我待在一起，我害怕死了。"

在厨房里。虽然她还时不时抽咽，但安静下来了，她将咖啡豆倒进碾碎器的盛器里，将碾碎器夹在两腿中间，开始摇把柄。起先把柄有点涩滞，发出嘎嘎的响声，然后突然一切顺当起来。

"想象一下，丽迪亚，"我说，坐在桌上，两腿荡空吊着，"想象一下，我告诉你的全是胡编的。你知道，我一直很严肃地设法使自己相信这纯粹是我胡编的一个插曲，或者一个在什么地方读过的故事而已；这是惟一可以不使自己因害怕而发疯的办法。所以，听着；这两个人物是：一个有事业心的自暴自弃的人和得到保险的与他相像的人。由于保险公司在自杀的情况下可以不予支付——"

"咖啡很浓，"丽迪亚说。"你会喜欢的。是的，亲爱的，我在听着呢。"

"——这一廉价的神秘故事的主人公要求：故事应该这样来展开，以至于看上去这仅仅是一起普通的谋杀事件。我并不想细述技术方面的细节，故事的梗概是这样的：一把枪绑在一棵树干上，扳机上拴一根绳，自杀者走开，拉绳，子弹就击中他的后背。这就是故事的大概。"

"哦，等一等，"丽迪亚喊道，"我记起来了：他似乎将左轮手枪绑在一座桥上……不，不是那样：他起先在石头上绑着一根绳……让我想想，怎么来着？哦，想起来了：他在一端绑上石头，另一端绑上左轮手枪，向自己开枪。石头掉进水里，绳子越过栏杆，然后左轮手枪也越过栏杆——所有的一切全砰然掉进水里。我只是不记得为什么他必须要自杀。"

"很快水面就平静了；桥上留下了死者。咖啡是一个多么美好的东西！我头疼得要死；现在好多了。所以，现在你多多少少明白了——我说的那一切就必然会那么发生的。"

我呷了一口滚烫的咖啡，沉思了一会儿。奇怪，她毫无想像力。在几天之中，生活便改变了——兜底翻了个个儿……一场地震……而她在这儿，惬意地和我一块儿喝着咖啡，回忆着歇洛克·福尔摩斯的一些冒险故事。

但我错了：丽迪亚开始说，缓慢地放下她的咖啡杯：

"我在想，赫尔曼，既然一切会那么快就发生，我们不如赶紧打包。哦，亲爱的，所有的衣服都在洗衣房。你的小夜礼服在洗衣房。"

"首先，我亲爱的，我并不想穿着夜礼服火化；其次，赶紧并永远地把那些想法从你的脑袋中赶出去，例如你应该做些什么啦，准备些什么啦等等。你不应该做任何事，道理很简单，你什么都不知道，都不知道——请记住这个。所以，在你的朋友面前不要作任何神秘的暗示，不要纷纷扬扬，不要去买东西——忘掉这一切，我的好女人——否则我们都会缠上麻烦事儿。我重复一遍：你现在什么都不知道。明天以后，你的丈夫开车出去，不再回来。在那时，只有在那时，你才开始行动。虽然简单，但要非常负责。我希望你以最大的注意力听我说话。在十日早晨，你给奥洛维乌斯打电话，告诉他我出门了，没有在家睡，也还没回家。你问他怎么办。你按他说的去做。让他了解整个事件的情况，让他去做一切，例如通知警方什么的。尸体很快就会出现。你必须让人相信我是真的死了。其实，这离事实也不远，我弟弟就是我灵魂的一部分。"

"为了他和你的缘故，我将做任何事，"她说，"任何事。只是我怕得要死，我脑子里一片糊涂。"

"别糊涂。主要的事情是要让痛苦自然地流露出来。它当然不会一下子让你的头发变白，但要自然。为了使你的任务轻松一些，我给了奥洛维乌斯一点暗示，说你已经不爱我多年了。所以，将你的悲哀静静地压抑在那儿。叹口气，便沉默着。当你见到我的尸体，也就是说一个无法与我区分的人的尸体时，你将会得到一次真正的震惊。"

"啊唷，我做不到，赫尔曼！我会吓死的。"

"如果在停尸所你就开始哭鼻子，那就更糟了。不管怎么样，控制你自己。别哭喊，哭喊了，你就会提高悲伤的水平，你知道那样的话，你将会是一个多么糟糕的演员。现在让我们说下去。我的保单和遗嘱在我书桌的中间抽屉里。在我的尸体火化后，按照我的遗嘱，在完成所有的手续，从奥洛维乌斯那儿获得你的钱，并按他说的用了你的钱之后，你出国去巴黎。

在巴黎你将住在哪儿？"

"我不知道，赫尔曼。"

"记得当我们一起在巴黎时住的地方吗？嗯？"

"是的，想起来了。旅馆。"

"哪个旅馆？"

"你那么瞧着我，我什么也不记得了，赫尔曼。我告诉你我有点儿想起来了。反正是个什么旅馆。"

"我给你一点启示：与草有关的。法语中草怎么说？"

"等一等——herbe[1]。哦，知道啦；马勒布[2]。"

"对啦，以防你再忘掉，你可以瞧一下你的黑箱子。上面仍然留着那旅馆的名字。"

"瞧，赫尔曼，我并不是一个笨蛋呀。我想我还是拿上那只箱子。黑色的那只。"

"那就是你要住的地方。然后将发生极其重要的事。不过，我还是要你再说一遍刚才我说的一切。"

"我要悲伤。我不要哭得太厉害。奥洛维乌斯。两件黑衣服和面纱。"

"别说得这么快。当你见到那尸体，你做什么？"

---

1 法文，草。

2 原文是 Malherbe。

"跪下来，别哭喊。"

"对啦。你瞧一切筹划得多么棒。嗯，然后呢？"

"然后我将埋了他。"

"首先，不是他，而是我。请不要搞混了。其次：不是埋葬，而是火化。没人喜欢被从地下挖出来。奥洛维乌斯将把我的优点告诉牧师；道德的、礼节上的、婚姻上的优点。牧师将在火葬场教堂作一个感人肺腑的布道。随着风琴音乐的伴奏，我的棺木将缓缓地沉入地狱。就这样。然后呢？"

"然后——巴黎。不，等一等！首先，各种各样保险的表格。你知道，奥洛维乌斯恐怕会让我无聊得要死。然后，巴黎，我将去旅馆——我知道会这样的，我想我会忘掉的，果然忘了。你真有点儿让我难受。旅馆……旅馆……哦——马勒布！为了可靠起见——箱子。"

"黑的。现在到了重要的部分啦：你一到巴黎，就让我知道。我有什么办法让你记住地址呢？"

"最好写下来，赫尔曼。我的脑袋现在不管用。我真害怕我会将这一切搞得一塌糊涂。"

"不，我亲爱的，我不会写下任何东西。你准会将写的东西掉了的。不管你喜不喜欢，你必须将地址背下来。绝无别的办法。我禁止你在任何情况下写下任何东西。清楚吗？"

"清楚了，赫尔曼，但如果我记不住呢？"

"废话。地址挺简单。法国匹格南邮电局。"

"那是爱丽莎姨以前居住的地方吗？哦，是的，那不难记。但她现在住在尼斯。最好到尼斯去。"

"好主意，但我不会那么做。现在是关于名字的问题。为了简单起见，我建议你这么写：马勒布先生。"

"她也许还像从前那样肥胖，那样活跃。你知道吗，阿德利安给她写信要钱，但当然啦——"

"有趣极了，是这样的，但我们现在在谈论正事儿。你将在地址上写什么名字呢？"

"你还没有告诉我，赫尔曼！"

"不，我告诉你了。我建议写马勒布先生。"

"但……那是旅馆，赫尔曼，是吗？"

"正是。那就是为什么我要这么建议。你将它们联系在一起好记。"

"哦，天啊，我肯定要忘记它们之间的联系，赫尔曼。我真是无可救药。拜托啦，我们不要任何联系。而且——现在很晚了，我乏死了。"

"那你自己想一个名字吧。想一个你肯定能记住的名字。写阿德利安行吧？"

"好极了，赫尔曼。"

"那就这么定了。阿德利安先生。匹格南邮电局。现在谈谈内容。你开始这么写：'亲爱的朋友，你肯定听说了我的不幸'——等等类似的玩意儿。几行字就行。你将亲自去寄信。你将亲自去寄信。明白吗？"

"明白，赫尔曼。"

"现在请重复一遍。"

"你知道这让我太紧张了，我快崩溃了。天啊，一点半啦。我们能明天谈吗？"

"明天你照样要重复一遍。来，让我们将它做完。我听着……"

"马勒布旅馆。我到达。我寄信。我自己。阿德利安。法国匹格南邮电局。我写完后，干什么呢？"

"那不关你的事。我们将瞧着办。嗯，你能让我放心你会将一切做得十分妥帖的吧？"

"是的，赫尔曼。只是别让我重复说一遍。我疲倦极了。"

她站在厨房中央，伸一伸她的肩膀，将脑袋望后一甩，猛然摇一下头，手抚摸着头发，连续说了好几次："啊，我多么困呀，啊——"说"啊"的时候便打个哈欠。我们终于回到卧室。她脱去衣服，将长衣、长统袜，以及其他女人用的玩意儿撒得满房间都是；上了床，很快便打起呼噜来。我也上床，关了灯，但睡不着。我记得她突然醒来，摸我的肩膀。

"你想要什么？"我故意装出睡意蒙眬的样子。

"赫尔曼，"她喃喃地说，"赫尔曼，告诉我，我纳闷……难道你不认为……这是诈骗吗？"

"睡觉吧，"我回答说。"你的头脑干不了这活。深沉的悲剧……而你却来这套废话……睡觉吧！"

她快乐地叹息了一声，转过身去，马上又打起呼噜来了。

真奇怪，虽然关于我妻子的能力我一点儿也没有欺骗自己，我知道她是多么愚蠢，多么易忘，多么笨拙，但我没有疑惑，我绝对相信她的忠诚将使她本能地做对一切事儿，不让她自己失误，最重要的是，迫使她为我保密。在幻想中，我清晰地看到奥洛维乌斯会怎么瞧着她假装悲伤的样子，痛苦而严肃地摇摇他的头，（天晓得）也许纳闷这位女子的情人杀了她可怜的丈夫的可能性；但那不知名字的疯子寄来的恐吓信将及时地提醒他。

第二天一整天我们待在家里，我再一次小心翼翼地费劲地指导我妻子，向她灌输我的遗嘱，就像强力往鹅肚子里塞填玉米撑大它的肝一样。到晚上，她几乎走不动了；我对她的这种状况非常满意。那也正是我准备好的时候。我记得我怎么花好几个小时伤透脑筋盘算我带多少钱，留给丽迪亚多少钱；现金并不多，压根儿没多少……我一想最好拿上点儿值钱的东西，于是我对丽迪亚说：

"喂，把你的莫斯科胸针给我。"

"啊，是的，胸针，"她闷闷地说；诡秘地跑出房间，很快就回来了，躺在长沙发上，开始哭号起来，她还从来没有这么哭喊过。

"你这糟糕的女人，怎么回事？"

她好长时间没回答，然后，在傻乎乎的抽噎中，眼睛闪避着，说那宝石胸针，一位皇后赠与她曾祖母的礼物，为了阿德利安的旅行当掉了，因为他的朋友没有还他钱。

"行了，行了，别号了，"我说，将当票塞进口袋里，"这该死的狡猾家伙。感谢上帝他走了，溜走了——这才是重要的事。"

她很快就重新平静下来，见我并没生气，她脸上甚至还挂起灿烂的笑容。她走到卧室去，在那儿找了好长时间，终于给我带来原是她妈妈的一只廉价的小戒指，一对耳坠，一只老式的香烟盒……我没拿任何一件东西。

"听着，"我说，在房间里踱来踱去，咬着大拇指，"听着，丽迪亚。当他们问你我是否有仇家，当他们审问你谁有可能杀我，回答：'我不知道。'还有：我要拿走一只手提箱，但那是绝对保密的。我不应该看起来像是准备去旅行的样子——那会引起怀疑的。事实上——"

在那时，我记得我突然止住了。多么奇怪，当你将一切都完美地筹划、预见好了，却节外生枝，也就是说，当你打包时，你猛然注意到你忘了放进去一件细小的但却累赘的小玩意儿——是的，就是有这种烦人的玩意儿。公正地说，我惟一想改变的正是手提箱：所有其他仍按我早就筹划的做——也许好几个月之前就筹划好了，也许就在我看见一个像我的尸体的流浪汉睡在草地上那一瞬间筹划的。不，我想，我最好别拿这手提箱；这有风险，总会有人注意到我拎着手提箱走出屋子的。

"我不拿手提箱了，"我大声说，继续在房间里踱来踱去。

我怎么可能忘掉三月九日的早晨呢？随着清晨消逝，天空苍白而冷冽；昨夜下了雪，每家的看门人在扫门前的那段人行道，人行道上堆出一溜矮矮的雪脊，而柏油路面已经变得干净，露出黑色的本色来——只是还有点泥泞。丽迪亚仍然安静地睡着。一切静悄悄的。我开始穿衣服。是这样的：两件衬衣，一件套一件：昨天的那件穿在外面，那是给他的。衬裤——也是两条；外面的那条是给他的。我打了一个小包，里面放了一套修指甲的工具，一套刮胡子的工具，一把鞋拔。为了不会忘记，我马上将小包塞进挂在客厅里的大衣口袋里。我穿上两双袜子（外面的那双有一个洞眼），黑袜子，鼠灰色的鞋罩；我这么穿着，也就是说，我还是这么漂漂亮亮地穿着内衣，站在房间中间，在心里检查我的行动，看看它们是否在按计划进行着。我想起我必须带上一副多余的袜带，找到几副旧的，塞进了小包里，这就使我必须走进客厅里。最后，我选了我最喜欢的紫色领带和一件近来我常常穿的厚厚的深灰色西服。下面诸物件分别塞在口袋里：钱包（里面放了大约一千五百马克），护照，各种各样写着地址和账目的纸片。

等一等，错了，我对自己说，难道我没有决定不带护照吗？这是非常微妙的一步：这些随意的纸片更能不失体面地确定一个人的身份。我还拿了钥匙，香烟盒，打火机。戴上手表。我现在穿戴好了。我拍拍口袋，轻轻地嘘了一口气。在我的双层茧中我感到相当温暖。现在轮到最重要的物件了。一个仪式；缓缓地拉开抽屉，它就待在那儿，仔细地检查一番，当然不是第一次了。是的，它令人羡慕地上了油；它塞满了好玩意儿……它是一九二〇年在雷瓦尔一个不认识的军官给我的；或者精确地说，他把它留给了我，便消失了。我不知道那位可爱的中尉后来怎么样了。

当我在这么做的时候，丽迪亚醒来了。她给自己披上了一件令人作呕的粉红色长袍，坐下喝早晨咖啡。当女佣离开房间时：

"嗯，"我说，"这一天终于来到了！我马上就走。"

现在来上一次细小的文学性质的离题；节奏对现代语言来说是陌生的，但它却特别成功地使我的史诗具有一种宁静的氛围，使它突出了紧张情景的戏剧性成分。

"赫尔曼，请留下，哪儿也别去……"丽迪亚低声地说（我想，她甚至双手紧握）。

"你把所有的都记住了，是吗？"我毫无所动地继续说。

"赫尔曼，"她重复说，"别走。让他去做任何想做的事吧，那是他的命运，你不要去干预。"

"我很高兴你记住一切了，"我微笑着说，"好姑娘。让我再吃一只面包卷，然后就走。"

她哭了。她大声地擤鼻涕，想说什么，又哭泣起来。这真是一场奇怪的情景：我镇静地在给一个羊角面包卷涂黄油，而她坐在对面，整个身子因为抽噎而颤抖。我嘴里塞满了面包，说：

"不管怎么样，你将在世人面前，"（这当儿，我咀嚼，咽了一口）"回忆说你有不祥的预感，虽然我经常外出，从不说到哪儿去。'夫人，你知道他有什么仇家吗？''我不知道，法医先生。'"

"然后呢?"丽迪亚微微地哼唧了一下,缓慢而无望地将手松了开来。

"够了,我亲爱的,"我用另一种口吻说,"你已经哭了一小阵子,够了。顺便说一下,今天你别在埃尔西的面前号哭。"

她用一条皱巴巴的手绢轻轻拭了几下眼睛,悲伤地哼了一声,又一次做了一个无望的困惑的手势,只是这次是默默的,没有眼泪。

"你把一切都记住了?"我最后问,逼视着她。

"是的,赫尔曼,一切。但我非常,非常害怕……"

我站起来,她也站起来。我说:

"再见。后会有期。我该去见我的病人了。"

"赫尔曼,告诉我——你不会在场吧,是吗?"

我不明白她是什么意思。

"在场?在哪儿?"

"哦,你知道我在想什么。当他——哦,你知道……那拉扳机的事儿。"

"傻瓜蛋,"我说,"你期望什么?事后必须有人在那儿打扫现场。我请求你别再去想这事儿了。今晚去看电影。再见,傻瓜蛋。"

我从没吻过她的嘴：我腻味吻嘴唇时的口水。据说，古代的斯拉夫人，也是这样——甚至在性高潮时也从不吻他们的女人——他们觉得将一个人裸露的嘴唇去接触另一个人的上皮细胞是很奇怪的，甚至有点儿令人厌恶。但在那时，我有一种冲动，要去那样吻我的妻子；但她毫无准备，因此，没吻上，只是用嘴唇掠过了一下她的头发；我控制自己没有再试一次，而只是蹬一下后跟，握了一下她那无精打采的手。在客厅，我穿上大衣，拿上我的手套，瞧一下我带上那小包了没有，正要往门口走，听见她从厨房用一种低低的呜咽的声音喊我，但我没去管它，我正匆匆忙忙急着赶紧离开那儿。

　　我穿过后院走向一座停满了汽车的停车场。令人愉悦的微笑在那儿向我打招呼。我坐进了车，将车发动了起来。这院子的柏油路面比街面略高，一驶进那窄窄的倾斜的将院子和街面联系起来的地道，我刹了车，车轻轻地无声地滑将下去。

九

　　说实话，我感到困倦。我从中午写到天亮，每天写一章——甚至于更多。艺术是一件多么伟大而强有力的东西！在我这样的处境中，我应该惊慌失措，仓皇走开，扭头往回跑……当然马上并没有什么危险，我敢说永远也不会有什么危险，但我的反应却是十分不同凡响的，我这样静静地坐着，写作，写作，写作，或者漫长地沉思，这些真的其实都一样。我越往下写，就越感到我不能将故事就这么撂下，我必须坚持写下去，直至达到我的主要目标，我当然会冒险将我的作品发表——其实也无所谓风险，因为我的手稿一旦寄出，我将隐没，这世界足够博大，完全能让一个蓄胡子的安安静静的人安身立命。

　　我并不是自发地决定将我的作品寄给那目光敏锐的小说家的，我想我已提到过这位小说家，甚至通过我的故事亲自和他进行了对话。

　　我也许错了，我早就不读我写的手稿了——没有时间做那个，再说那使我感到恶心。

我最初起意将稿子直接寄给一位编辑——不管他是德国、法国或美国编辑——但作品是用俄文写的，并不是一切都能翻译的——嗯，坦率地说，对于我的文学色彩，我是非常在意的，我坚定地认为哪怕一小点儿细微的含意或思想丢失，都会无望地损害整个作品。我也想到寄往苏联，但我缺乏必要的地址，也不知道怎么寄到那儿，他们是否会读我的手稿，因为我用的是旧制度时的拼写，重写完全超出我的能力。我说了"重写"吗？得，我也不知道我是否能忍受再写它。

我在下了决心将手稿寄给一个肯定喜欢我的作品并会竭力将它出版的人之后，便非常肯定我选择的这个人（你，我的第一读者）一定是位移民小说家，他的作品是不可能在苏联出现的。也许这本书会是一个例外，因为真正写它的不是你。哦，我多么希望虽然有你的移民签字（那潦草的伪装谁也骗不了），我的书还是能在苏联找到市场！由于我根本不是苏维埃政权的敌人，我肯定在书中无意地表述了一些完全合乎当前辩证法的观念。有时候在我看来，我的基本主题，两个人之间的相像性，有一种深刻的隐喻性含意。我也许欣赏（下意识地！）这一身体上的相像性，把它作为未来无阶级社会中将人们团结在一起的理想的相像性的象征；尽管我仍然对社会现实视而不见，但通过一个孤立的例子，我完成了一定的社会功能。还有其他的东西；当我实际运用这种相像性时，我没能完全成功，这可以用纯粹的社会经济原理来解释，也就是说，菲利克斯和我属于不同的被严格规范的阶级，谁也无法单枪匹马地达到融合，尤其在今天，阶级的冲突已经达到如此程度，妥协是根本不可能了。是的，我母亲出身寒微，我祖父在年轻时放过鹅，这就解释了像我这样带着这些烙印和习俗的人为什么那么强烈地倾向真正的意识，虽然它仍然没有完全被表述出来。在幻想中，我看见一个新的世界，在新世界里，所有人都是一样的，就像赫尔曼和菲利克斯两人相像一样；一个赫利克斯们和菲尔曼们的世界；在那个世界里，一个工人倒在机器脚下死了，另一个与他相像的人，带着安详的、十分社会主义的微笑，取代他。因此，我认为，今天的苏维埃青年应该从我的书中获得巨大的好处，我的书是在一位颇有经验的马克思主义者监督下写的，这位马克思主义者在书中将帮助他们理解此书所包含的基本的社会含意。啊，让别的国家将这翻译成它们的语言吧，这样，美国读者将有可能满足他们对血淋淋的荣耀的期盼；法国读者将有可能在我对流浪汉的喜好中发现鸡奸的幻影；而德国读者将有可能欣赏一个半斯拉夫人灵魂的轻佻的一面。读吧，读吧，读得越多越好，女士们，先生们！欢迎我所有的读者。

这不是一本容易写的书。特别我现在到了描写决定性行动的部分，如果我可以这么说的话，我的任务的挑战性便完全呈现在我面前了；你可以看得出来，我在这儿绕来绕去，喋喋不休，本来应该属于本书前言的东西，我却错放在读者看来是最重要的一章中。但我已经解释了，不管我的手法多么巧妙，多么谨慎，但在写作的不是我的理智，而只是我的记忆，我的误入歧途的记忆。你看得出来，那时，也就是说，当写小说之手一停下来，我的手也停下来了；当它们在嬉戏，我也在嬉戏；当我沉浸在同样复杂的跟我的商务毫无干系的说理之中时，那约定的时间慢慢快到了。我早晨就出发了，虽然我与菲利克斯约定的时间是下午五点钟，但我无法待在家中，我一直在纳闷我怎么来打发那段漫长而沉闷的空白时间。我舒适地，甚至睡意蒙眬地坐在驾驶盘前，用一根手指驾驶着穿过柏林安静的、冷冽的、微风吹拂的街道；就这么走啊走啊，直到我发现我已经出了柏林。天色仅成两种颜色：黑色（那种光秃的树的黑色，柏油路面的黑色）和微白色（天空的白色，雪堆的白色）。我的充满睡意的车往前开着。有时候，在我眼前出现一包偌大的丑陋的破烂的衣服吊在卡车的后面，那种卡车装满了长长的戳在外面的货物，这包也只能挂在车往外延伸的屁股上了；不久便消失了，想来是拐弯了。我还是没有将车开得快一点。一辆出租车正在我面前从一条小街冲将出来，咝的一声紧急刹车，由于路面滑溜，车身怪怪地打了个转。我仍安详地驶过去，就好像往河流的下游飞滑下去一样。在远一些的地方，一个在深深哀悼的女人斜着穿过马路，背对着我；我既不鸣喇叭，也不改变我静静的平稳的速度，而只是从离她面纱几英寸的地方滑将过去；她甚至都没有注意到我——一个悄没声儿的鬼。任什么车都超过我；有好一阵，一辆爬行着的有轨电车与我并驾而驶；从眼角望出去，我可以看见乘客，傻乎乎地面对面地坐着。有一两次我走上了糟透了的卵石街面；鸡群出现了；短短的翅膀张开来，长脖子伸着，不是这只鸡就是那只鸡飞奔着穿过马路。过了一会儿，我发现自己在一条无穷无尽的公路上开车，驶过满是庄稼茬儿的田野，到处覆盖着白雪；在一个阒无一人的地方，我的车似乎快要睡着了，仿佛从蓝色变成了鸽灰色——渐渐慢了下来，最后停了，我把脑袋伏在方向盘上，想着那些无从琢磨的思想。我可能在想什么呢？思想是一片空白；好像一切都纠缠在一起，我快要睡着了，在半昏沉的状态下，我不断地跟自己讨论些废话，不断地想起我在车站月台上跟一个人谈过的关于人在梦中是否能见到太阳的问题，一时好像感到周围的人越来越多，都在说话，而后又都沉默了，互相交办模模糊糊的任务，然后就悄然散开了。过了一会儿，我又往下开去，中午驶过一座村庄，我决定停下来，因为即使以这样睡意蒙眬的速度开，我在一小时左右也能到达科尼格斯道夫，那也太早了。所以，我就在一家阴暗的啤酒屋消磨时光，我独自坐在像是一间后屋的房间里，面前是一张偌大的桌子，墙上挂着一幅旧照片——一群穿着长大衣的人，唇髭两端往上翘，在前排有人蹲着一只腿，脸上一副无忧无虑的表情，在两端有两人像海豹那样伸张开来，这使我想起同样的一群俄罗斯学生。我在那儿喝了好多柠檬水，然后重又以那种睡意蒙眬的样子上路，事实上，以非常不合适的迷迷糊糊的样子上路。后来，我记得在一座桥上停了下来：一个穿着蓝色毛线裤、背着一个背包的老女人正在修她的自行车的什么毛病。我没有走出车外，给了她一些建议，这些建议她不想要，也毫无用处；接着，我沉默下来，用拳头撑着腮帮，瞪了她好久：她在那儿胡乱地鼓捣着，鼓捣着，最后，我的眼皮抽动起来，啊，那女人不在了：她早就摇摇晃晃地走了。我重又走我的路，在路途上，我在脑袋里不断用一个陌生的数字乘上另一个数字，显得笨拙得很。我不知道它们意味着什么，是从哪儿浮现出来的，但既然它们来了，我觉得应该让它们上钩，然而它们却相互格斗起来，消失了。倏然间，我发现我在用疯狂的速度开车；车在路上飞奔，就像魔术师一样吞吃着一码一码的绸带；我瞧了一下速度计指针：它在五十公里上颤抖；车窗外景色缓慢地一个接一个地往后驶去：松树，松树，松树。我记得遇见两个脸色苍白的小学生，他们用带子捆绑着书；我跟他们说话。他们的脸都像鸟儿似的，丑陋得很，让我觉得像乌鸦。他们似乎有点儿怕我，当我开走了之后，他们还不断瞧着我，黑嘴张开着，他们一个高一点儿，另一个矮一点儿。我突然惊奇地发现我竟然抵达了科尼格斯道夫，瞧一下表，快五点钟了。驶过车站那栋红楼时，我想也许菲利克斯迟了，还没来到我看见的在那花花绿绿的巧克力摊后面的这些阶梯，也没办法从那蹲坐着的砖楼的外表来判断他是否经过了那儿。不管怎么样，他被指示到科尼格斯道夫乘坐的火车是两点五十五分抵达，所以，如果菲利克斯没有错过火车的话——

哦，我的读者！他被指示在科尼格斯道夫下车，沿公路往北走，到十公里处，那儿有一根黄色的杆儿作标志；眼下，我正在公路上飞驶：难以忘怀的时刻！周围没一个人。冬天，公共汽车每天只去两次——上午和中午；在这整个十公里的路上，我只见到一辆由一匹栗色马拉的车。终于，在远处，那熟稔的黄色杆儿立在那儿，像一根手指似的，手指不断地增长，直到到达它自然的高度；它的顶上积着雪。我停下车，瞧一下我周围。没人。这黄色的杆儿真黄。在我的右手，在荒野尽头，森林在苍白的天空衬映下蒙上了一层灰色。没有人。我走出了车，随手砰然关上了门，这砰然之声比任何枪声还要响。突然，我注意到，从沟里生长起来的纵横交错的矮树丛细枝后面站着一个人，瞧着我，粉色的，就像一尊蜡像，蓄着一绺小小的时髦的唇髭，真的，还挺快乐——

我一只脚放在车的踏板上，像一个愤怒的男高音歌手，用脱下的手套猛拍我的手，我凝视着菲利克斯。他微微笑着，犹豫不决地从沟里走出来。

"你这恶棍，"我从牙齿缝里说，声音特别有力，"你这恶棍，你这骗子，"我重复道，这次声音更加强而有力，我用手套更加用力地敲打自己（在我发声的间隙充满了乐队的轰鸣声）。"你怎么敢泄露秘密，你这杂种狗？你怎么敢，你怎么敢去向别人讨教，吹嘘你在那么一天那么个地方有出头之日了——哦，你真该枪毙！"——（嘈杂渐渐增大，铿锵的丁当声，然后又是我的声音）——"你倒是捞着了，你这傻瓜蛋！游戏开始了，而你却犯了这样大的错误，你一分钱也拿不到，畜牲！"（乐队的锣声。）

我就这样怀着极度的冷漠诅咒他，同时注视他脸部的表情。他完全吓呆了，真正生气了。他一只手放在胸口，不断地摇脑袋。那段歌剧片断结束了，广播员重又回到他平常的声调：

"就这么着吧——我那么骂你完全是形式而已，为了安全起见……我亲爱的朋友，你瞧上去挺滑稽的，这只是平常的噱头而已！"

按我的特别的指令，他让他的唇髭长了；我猜想还给它上了蜡。除此之外，他还主动让他的脸上多了几处弯弯的刻痕。我发现那假装的刻痕挺好玩的。

"你一定是按我说的路线来的吧？"我微笑着问。

"是的，"他答道，"我遵循你的指令。至于吹牛的事儿——嗯，你知道，我是一个孤独的人，跟人聊天没什么好处。"

"我知道，我也与你同感。告诉我，在路上你遇见什么人了吗？"

"当我看见一辆马车或什么的，我就按你说的，躲进沟里去。"

"好极了。你的面容非常出色地掩盖了起来。嗯，别再在这儿逛荡了。上车。哦，把那留下——你以后要扔掉那包。快进来。我们得赶快开走了。"

"到哪儿？"他问。

"到那森林。"

"那儿？"他问，用他的手杖指了一指。

"是的，就那儿。你到底进不进来，你这该死的？"

他满意地审视了一下车。他不慌不忙地爬进了车，坐在我的旁边。

我转动驾驶盘，车缓慢地起动了。嘎。又一声：嘎。（我们驶离道路开进田地。）薄雪和枯萎的草在车轮下发出咝咝的声音。车在土堆上猛然弹跳起来，我们也猛然向上蹦将起来。他这时说：

"要是我来开的话，就不会有这种麻烦啦（砰）。天啊，这是什么路啊（砰）。别害怕（砰——砰）我不会弄坏它的！"

"是的，这车将会是你的。很快（砰）就会是你的。现在，别打盹儿，老朋友，瞧着你周围。在路上没人吧，是不是？"

他往回看，摇摇头。我们驾着车，还不如说我们让车爬着驶过一座平顺的坡而进入了森林。在最外面的几棵松树跟前，我们停了车，走了出来。菲利克斯不再带着那种穷光蛋急于奉承的表情，而是怀着一个车主的安详的满足感审视光滑如镜的蓝色伊卡勒斯。他的眼睛里浮现出一种梦幻的神色。很可能（请注意我没有插入任何东西，只是说"很可能"，）很可能他的思绪是这样的："如果我驾着这潇洒的两座车溜走，怎么样？我预先拿了现金，一切就不会再有事儿了。我将让他相信我会去做他希望我做的，溜得远远的就是了。他不能报警，他将不得不保持沉默。而我在自己的车里——"

我打断了这些自得其乐的思想。

"嗯，菲利克斯，伟大的时刻来到了。你换上衣服，独个儿待在车里，在林子里。半小时以后，天会黑下来；没有人会来打扰你。你将在这儿过夜——你将穿上我的大衣——那会多么舒适而厚实——啊，我是这么想的；另外，车里也暖和，你完全可以睡着；天一亮——但我们还是以后再讨论那个吧；让我给你的容貌来个必要的整理，否则在天黑以前我们不可能做完。首先，你必须刮胡子。"

"刮胡子？"菲利克斯在我说完后以一种傻乎乎的惊讶重复说，"怎么刮？我没带刀片，我真想不出一个人怎么在森林里找到可以刮胡子的玩意儿，除了石头之外。"

"为什么是石头？像你这样的傻瓜脑袋应该用斧头来理一理。但我已预先想到了，我带了刮胡子的工具，我亲自来刮。"

"哈，那真是太可笑了，"他笑了起来，"我纳闷你会怎么干。现在，请当心别让你的刀片割了我的喉咙。"

"别害怕，傻瓜蛋，那是安全刀片。那，请……是的，在什么地方坐下来。这儿，如果你愿意的话，坐在汽车踏板上。"

他卸下背包后坐了下来。我拿出我的小包，将刮脸的家什放在车的踏板上。得赶紧点儿了：白天很快就要消逝，空气变得越来越沉闷。多静谧啊……那安静似乎是那些凝然不动的灌木树丛，那些直挺挺的树干，那些地上这里那里毫无光彩的雪堆固有的内在的东西，与它们浑然不可分割。

我脱掉大衣，这样干活可以自由些。菲利克斯好奇地瞧着安全刀片的锋利的刃口和银色的把。然后他审视了剃须刷子；将它按在脸上瞧瞧它的柔软度；剃须刷子的毛让人感到非常舒适：我花了十七马克五十分买的。昂贵的剃须膏管也让他感到非常新奇。

"来，让我们开始吧，"我说，"修脸，挥手。请侧着一点儿坐，否则我没法给你刮脸。"

我抓了一把雪，用安全刀刮了一片拳曲的肥皂掺进雪里去，用剃须刷子猛打，然后将这冷冰冰的肥皂泡沫刷在他的唇髭和连鬓胡须上。他做鬼脸，斜眼瞅我；有一小点儿肥皂泡沫灌进了他的鼻孔：他皱起了鼻子，因为那使他感到痒痒的。

"抬起头，"我说，"再抬高一点。"

我勉强将膝盖磕在踏脚板上，开始刮去他的连鬓胡须；胡须发出咝咝的声音，胡须和肥皂泡沫混在一块儿的味儿让人感到恶心；我轻轻地刮他的脸，脸上出现了血迹。当我刮他的唇髭时，他皱起眉头，那肯定不好受，但他很勇敢，没吱声：我急急忙忙地刮着，他的胡须很硬，刀片刮起来很费劲。

"有手绢吗？"我问。

他从口袋里抽出一块破布来。我用破布小心翼翼地擦去他脸上的血、雪和泡沫。他的腮帮发亮了——灿然一新。他漂漂亮亮地修了面；只是有一处，在靠近耳朵的地方，有一块红色的刀痕，刀痕由鲜红而变成黑色。他拿手心去抚摸一下刚修过的部分。

"等一等，"我说，"还没完。你的眉毛需要修一下：它们比我的厚了一点。"

我取出剪子，利索地剪去了一些眉毛。

"现在好了。当你换了衬衣后，我会梳理一下你的头发。"

"你会把你的衬衣给我吗？"他问，故意摸了一下我的绸衬衣的领子。

"喂，你的手指甲不太干净！"我快活地喊道。

我给丽迪亚的手指修过好多次了——干这个，我很在行的，我没费多大劲儿便将他的十个粗糙的手指修理整齐了，在修剪的过程中，我将他的手指和我的相比：他的大些，黑些；但没关系，我想，它们会慢慢淡下去的。我从没戴过结婚戒指，所以我只要给他戴上手表便行了。他活动他的手指，将手腕来回转动，非常满意。

"现在，快。让我们换衣服。你脱去所有的衣服，我的朋友，脱得光光的。"

"哼，"菲利克斯嘟嘟囔囔了一声，"太冷了。"

"没关系。只要一分钟就行了。请快一点儿。"

他脱去旧的褐色大衣，将他深色的破破烂烂的绒衣从脑袋上脱出来。绒衣下面的衬衣是一种混浊的绿色，领带也属于同样的材料。他取下业已不成形的鞋子，脱去袜子（一个男人修补过的袜子），光溜溜的脚一踩上寒冬的土地，他便一个劲儿地打起嗝来。与你酷似的人喜欢赤脚：在夏天，在快乐的草地上，他做的第一件事便是脱去鞋子和袜子；但在冬天，要这样做，也不是一般的快乐——也许会回忆起童年或类似的事情。

我无动于衷地站着，解着领带，不断地留意瞧着菲利克斯。

"快脱，快脱，"我喊道，我注意到他的速度缓下来了。

当他将裤子从他白白的光溜的大腿上脱下时，有一点儿羞涩。最后，他脱去衬衣。在这凛冽的森林中，在我的面前，站着一个赤裸的男子。

我以令人难以想象的速度脱去衣服，简直像弗莱戈利[1]在玩魔术噱头一样快，利索地将衬衣和短裤外面的衣物扔给他，当他费劲地将它们穿上时，我从西服口袋里将钱啦、烟盒啦、胸针啦、枪啦我放进去的几样东西拿出来，将它们塞进有一点儿紧的裤子口袋里，这裤子我是以杂耍大师般的迅捷穿上的。

1　Leopoldo Fregoli（1867-1936），意大利魔术师。

虽然他的绒衣还相当暖和，但我仍然保留我的围巾，由于我最近瘦了，他的大衣完全合适。我应该请他抽支烟吗？不，那样的话，趣味就太低下了。

菲利克斯这时已经穿好了我的衬衣和短裤；他仍赤着脚，我给他袜子和袜带，但我突然注意到他的脚指甲也需要修剪一下……他将脚放在汽车踏板上，我们有点匆匆忙忙地修了一下脚。这些丑陋的黑脚指甲剪下时砰然有声，蹦得很远，近来在梦中我经常看到它们非常明显地抛洒在地上。我真担心他穿着衬衣长久地站着会感冒。他就像莫泊桑小说中不洗澡的浪子一样用雪洗脚，穿上袜子，也没去管一只袜上的洞眼。

"快，快，"我不断地重复道，"天很快就要黑了，我该走了。明白吗。我已经穿好了。天，这鞋多大！你的帽子呢？啊，在这儿，谢谢。"

他系上了裤带。靠着鞋拔的帮助，他将脚塞进了我的黑色鹿皮皮鞋中。我帮他套上鞋罩，打上紫色领带。最后，我小心翼翼地拿上他的木梳，将他油光光的头发从眉头和鬓角往后梳理。

现在他准备好了。他，酷似我的人，穿着我的宁静的深灰色西服，站在我面前。他瞧了自己一眼，傻乎乎地笑了一下。摸了摸口袋。摸到打火机，很高兴。将一些小玩意儿换了个地方，打开钱袋。空空如也。

"你预先答应给我钱的，"菲利克斯哄着说。

"是的，"我答道，将手从口袋里抽出来，扬一扬一把钞票，"在这儿。我会数出给你的一个数，马上就给你。这鞋怎么样，合脚吗？"

"不合，"菲利克斯说，"疼死了。不管怎么样，我会熬着的。我想我晚上可以将它们脱掉吧。我明天将车开到哪儿去？"

"现在就开，现在就开……我要把事情说清楚。瞧，这地方要打扫干净……你到处扔破布……你那袋里装着什么？"

"我就像一只蜗牛，将我的房子背在背上，"菲利克斯说，"你要拿这个袋吗？里面有半根香肠。想吃点儿吗？"

"以后再吃吧。将所有这些东西放进去，好吗？那鞋拔也放进去。还有那剪子。好极了。现在穿上我的大衣，让我们来瞧瞧你能否装得像我。"

"你不会忘了给钱吧？"他问。

"我一直在告诉你我不会忘。别傻帽了。我们就要将一切都做好了。现金在这儿，在我口袋里——确切地说，在你原来的口袋里。现在，请打起精神来。"

他穿上了我漂亮的驼毛大衣，（特别地小心翼翼地）戴上我优雅的帽子。然后，最后的一件事：黄色的手套。

"好极了。走几步。看看一切对你合不合适。"

他往我这儿走来，一会儿手插在口袋里，一会儿又将手抽出来。

当他走近时，他挺了挺肩膀，假装摆出一副纨绔子弟的架子来。

"就这样了吗，就这样了吗，"我不断地大声说，"等一等，让我彻底地想一想——是的，似乎一切都做好了……现在转过身来，我想看看后背的形象——"

他转过身来，我往他肩膀中间开了一枪。

我记得许多事情：那枪口的青烟，袅袅盘绕在半空中，形成一个透明的圈儿，然后便缓缓地消散了；菲利克斯摔倒的样子；他并不是一下子就摔下去的；起先，他刚做完一个还表现出生命的动作，几乎是一个完全的转身动作；我想，他希冀在我面前开玩笑地摇摆一下，仿佛是在一面镜子跟前；结果，这自然地结束了他的蠢行，他（这时已经被穿透了）来面对我，张开双手，仿佛在问："这一切是什么意思？"——没有得到回答，慢慢地往后倒去。是的，我记得所有这一切；我也记得当他开始变硬，开始颤动时，他在雪地上发出的拖曳的声音，仿佛这新衣服使他感到不舒服似的；他很快就僵硬了，只有地球的自转能让人感到，帽子静静地离开了他的脑袋，掉在后面，张开它的大嘴，仿佛在跟它的主人说"再见"（或者，让人回想起那陈腐的句子："所有在场的都露出了他们的脑袋"）。是的，我记得所有这一切，但有一件事记忆忘了：那枪声。是的，在我的耳际一直响着那歌吟。枪声追逐着我，爬在我身上，在我的嘴唇上颤抖。我穿过这声幕，走到尸体旁，贪婪地望着它。

人一生中会遇到神秘的时刻，那就是其中之一。像一位作家读他的作品读了一千次，掂量、探讨每一个音节，最终还是不能决定所使用的各种各样的词是否妥帖，我也是这样，也是这样——但其中肯定存在着造物主的秘密；造物主是不可能犯错的。在那时，当所有需要的面容都安排好，并冻上了，我们是如此相像，谁也说不好到底是谁被杀了，是我还是他。当我在瞧着的当儿，在风中摇曳的森林渐渐黑了，我面前的那张脸缓缓消融，越来越凝静不动，我似乎在一汪死水的池中瞧着自己的形象。

我怕玷污自己，没有去碰尸体；也不敢去瞧他是否真正死了；我本能地知道他是死了，我的子弹精确地沿着那由意志和眼力刻画出来的短短的将空气隔绝的线射将出去的。老默里先生将手插在裤子里喊道，得赶紧了，得赶紧了。我们别模仿他。我迅捷地仔细地瞧了一下我的周围。除了手枪之外，菲利克斯将所有的东西都放进了包里；但我仍然有足够的沉着检查一番确定他没落下任何东西；我甚至擦拭了一下在那儿给他剪指甲的踏脚板，我曾经将木梳踩进了地里去，现在决定将它挖出来，以后再扔。然后我做了我早就盘算要做的：我本来把车停在一个长着树的缓坡上，头朝大路；现在我将小伊卡勒斯往前开了几码，这样有人可以在早晨从公路上就能看见它，就有可能让人发现我的尸体。

夜色很快降临了。耳中的鼓噪几乎安静下来了。我钻进森林，又走到离尸体不远的地方；但我没有停下来——只是拿起包，我在湖周围毫无畏惧地大踏步地走起来，仿佛我穿的并不是这样死沉死沉的鞋，我在这魔鬼般的薄暮中，在这魔鬼般的雪地里一直走下去，从不离开森林……我对方位了解得多么透彻，多么精确，在夏季，当我研究通往埃肯伯格的路时，我多么生动地预见了这一切！

我及时抵达车站。十分钟以后，感谢幻觉的帮助，我希冀乘的火车来了。我花了半夜的时间坐在一辆丁零当啷、摇摇晃晃的火车三等车厢的硬座上，在我的旁边坐着两个年迈的人，他们在打扑克，他们打的扑克十分奇特：扑克牌很大，红的和绿的，有橡子和蜜蜂窝。半夜以后，我不得不换车了；几小时以后，我坐在西行的车里了；早晨，我又换了车，这次是快车。在那时，我才在僻静的厕所里打开背包看看里面放了些什么。除了最近塞进去的东西（包括沾了血迹的手帕），我发现几件衬衣，一根香肠，两只大苹果，一只皮鞋底，一只女士钱袋里有五马克，一本护照；以及我写给菲利克斯的信。我在厕所里当场就将苹果和香肠吃了；我将信放进我的口袋，以极大的兴趣审视了一番护照。护照仍保存得很好。他到过蒙斯[1]和梅斯[2]。奇怪极了，他照片上的脸和我的不太像；当然，那可以很容易地说成是我的照片——不过，那给我一个奇怪的印象，我记得我想到过那就是为什么他很少意识到我们的相像性：他从镜子里瞧他自己，也就是说，从右到左，而不是像在现实生活中那样按阳光光线的走向来瞧。关于个人特点的官方的简短描述并不与我自己的护照（留在家里了）中的描述相吻合，这一事实完全揭示了人的愚蠢、粗枝大叶和感觉的迟钝。这当然是小事，但具有典型的意义。在"职业"栏下，他竟然被称为"音乐家"，这个笨蛋，他当然拉拉小提琴啦，就像俄罗斯那些装腔作势的男仆在夏日的夜晚会弹一下吉他一样，于是，我也成了音乐家了。这天稍晚些时候，在一座边界小镇，我买了一只手提箱，一件大衣，等等，同时将背包和手枪都扔掉了——

---

1 Mons，比利时西南城市。

2 Metz，法国东北部城市。

不，我不会说我怎么处置它们的：闭嘴，莱茵河水！这样，一个穿着廉价的黑大衣、很久没有修脸的绅士到了安全边界的一边，往南方去了。

自从童年，我就热爱紫罗兰和音乐。我出生在茨维考[1]。我父亲是一个补鞋匠，母亲是一个洗衣妇。她一发火就用捷克话骂我。我的童年阴郁而寡欢。我一经成年，便开始四处流浪。我拉小提琴。我是一个左撇子。脸蛋么——椭圆形。未婚；给我介绍个为人诚挚的老婆吧。我觉得这次战争非常野蛮；不过，战争终究过去了，就像一切都消逝了一样。每个老鼠都有自己的窝……我喜欢松鼠和麻雀。捷克啤酒便宜些。啊，要是一个人能穿上铁匠打的铁鞋，该多好呀——多么节省！所有国家的部长都被贿赂了，所有的诗尽是废话。一天，在一个集市上，我见到一对双胞胎；他们答应给你一个奖，如果你能辨认他们两人，红发的弗立兹猛揍其中一个双胞胎，把他耳朵打肿了——那就是不同点！天啊，我们笑得多厉害！殴打，偷窃，屠杀，一切是好是坏，全在于处境。

只要钱到我的手里，我就用；你拿到的就是你的，其实并没有什么你的或他的钱；你在硬币上又没见什么签名写在那儿：比如，属于穆勒什么的。我喜欢金钱。我一直希冀找到一个忠诚的朋友；我们在一起玩音乐，他会将他的房子和果园遗赠给我。金钱啊，亲爱的金钱。亲爱的小钱。亲爱的大钱。我到处闲逛；到处找活儿。一天，我碰到一个穿戴潇洒的家伙，他老是说他酷似我。废话，他一点儿也不像我。但我不跟他争辩，他有钱，和有钱人做铁哥儿们也会变得有钱。他希望我替代他开车，好让他去解决一桩金钱上的麻烦事。我杀了这骗子，抢劫了他。他躺在森林里，地上覆盖着雪，乌鸦在哀鸣，松鼠在跳跃。我喜欢松鼠。那可怜的穿戴优雅的先生躺在地上，死了，离他的车不远。我能开车。我喜欢紫罗兰和音乐。我出生在茨维考[1]。我父亲是一个秃顶的戴眼镜的补鞋匠，母亲是一个洗衣妇，双手红红的。当她愤怒时——

又重新写上一遍，加上一些新的荒唐的细节……这样，由一个映现出来的形象来申诉一切。并不是我要在异国的土地上寻求一个避难所，也不是我要蓄胡须，而是菲利克斯，杀我的人要这样做。啊，要是我了解他就好了，经过多年的亲密接触，我应该觉得躲在我继承的灵魂的寓所里是有趣的。我应该了解他灵魂里的每一条缝隙；所有通往过去的走廊；这样，我就能享用它的一切设施。但我只是非常匆忙地审视了一下菲利克斯的灵魂，我只是粗略地知道他的性格，两三件偶然知晓的

1 Zwickau，德国莱比锡附近城市。

脾性而已。我应该练着用左手来做事情吗？

　　不管这样的感觉是多么糟糕，还多多少少可以对付。但，比方说，要忘记当我让他准备好挨我的子弹时，他，一个软蛋，是如何顺从我的要求，却是非常困难的。那些冰冷的百依百顺的爪子！回忆起他是如此地听话，真让我觉得困惑。他的脚指甲是如此坚硬，我的剪子几乎不能一下子就咬住它们，修剪下来的脚指甲绕在剪子的刀口上，就像打开玉米牛肉罐头时那锯齿形金属皮将开罐的刀包住一样。一个人的意志果真这么强大，能将另一个人变成一个傀儡？我真的给他修脸了吗？简直不可思议！是的，当我回忆一切时，最让我难受的是菲利克斯的顺从，那可笑的、不假思索的、自动的顺从。但，正如我说过的，我摆脱了这种情绪。更糟糕的是我无法忍受镜子。事实上，我蓄留胡须是想将我与我自己显得不同，而不是想将我与其他人显得不同。可怕的事——过分的想像力。所以，就很容易理解像我这样异常敏感的人因为一面黑暗的镜子里的映象，或者因为他自己的影子死在他的脚旁，und so weiter[1] 这样琐碎的小事而陷入糟糕的境地。停，你们这些人——我像一个德国警察一样举起硕大的白皙的手掌，停！不要有任何怜悯的叹息，人们，不要。不要怜悯！我不接受你们的任何同情；在

1　德文，等等。

你们中间一定会有一些人怜悯我——怜悯一个像我这样的被误解的诗人。"雾霭，氤氲……在雾霭中有一丝琴声在颤抖。"不，那不是诗，那是从老达斯蒂[1]伟大的作品《犯罪与堕落》[2]里摘来的。对不起：*Schuld und Süne*[3]（德国版本）。在我这方面来说，悔恨是不可能的：即使一个艺术家的作品不被理解，不被接受，他也不会悔恨的。至于那保险费——

我知道，我知道：对小说家来说，这是一个很糟糕的错误，即在叙述故事的整个过程中——就我记得的而言——我很少注意到我的主要动机；贪得无厌。事情为什么会是这样呢？我安排了一个与我酷似的人的死亡，在这么做的时候，我所追求的目的显得如此有所保留和含糊其辞。奇异的疑惑向我袭来：难道我真的这么、这么在意赚钱吗，难道我真的那么希冀得到那笔尚未确定数目的钱吗（就钱而言，值一条人命的数；对他的消失的合理补偿），或者，根本就是另一回事儿，仅仅是记忆而已？对于我来说，不可能写成另外的样子（始终诚实），并给与在奥洛维乌斯书房里的谈话以任何特殊的含意。（我描写那书房了吗？）

---

1 Dusty，实指陀思妥耶夫斯基，因为这个单词的发音与俄文中陀思妥耶夫斯基的前两个音节发音相近。

2 作家故意在此将书名写错，以表示"我"的一种错乱。

3 德文，《罪与罚》。

我还想说一下与我死后的情绪有关的另一件事：虽然在我的灵魂深处对于我的作品的完美性没有任何疑虑，相信在那黑白森林里躺着一个酷似我的死人，然而，作为一个新的天才，对声誉仍然非常陌生，但却充满了自我克制和自豪，我希望——简直到了令人痛苦的程度——写出一部杰作来（三月九日在一片阴霾的森林中完稿并签字），让人们赞赏，或者说，可以骗骗世人——每一件艺术作品都是欺骗——而获得成功；至于说保险公司支付的稿费，暂且这么说吧，在我的心目中占据次要的位置。哦，是的，我是一位纯粹的浪漫小说艺术家。

　　正如诗人吟唱的，失去了，事后会觉得更为珍贵。在一个风和日丽的日子，丽迪亚终于和我在国外见面了；我到她住的旅馆去见她。"别这么撒野，"当她正要扑到我的怀里时，我严肃地警告道。"记住，我的名字叫菲利克斯，我只是你的一个相识的朋友。"她穿着寡妇的丧服很自在，就像我的艺术蝴蝶结领带和修剪得齐整的胡须适合我一样。她开始说……是的，一切如预料的那样毫无瑕疵地进行着。当牧师在火化仪式上以职业的颤抖的腔调说起我时，她看来非常真诚地哭泣了，"……这个人，这个具有崇高心灵的人，他——"我告诉她我未来的计划，很快便开始追求她了。

　　现在我和我的小寡妇结婚了；我们住在一个安谧的风光旖

旎地方的一座农舍里。我们在那能望见下面蓝色海湾的小巧玲珑的爱神木园子里度着漫长而慵懒的时光，经常谈起我那可怜的死了的弟弟。我不断地告诉她我弟弟生活中新的趣闻。"命运，kismet[1]，"丽迪亚叹了口气说。"至少现在，他在天国会因为我们的幸福而感到慰藉。"

是的，丽迪亚和我在一起很幸福；她不再需要任何别人了。"我多么高兴，"她有时说，"我们终于摆脱掉阿德利安了。我总是可怜他，花很多时间和他在一起，但实际上，我真受不了这个人。我纳闷他现在在哪儿。也许喝得个半死，可怜的人儿。这也是命运！"

在上午，我阅读和写作；也许很快就要用我的新名字发表一两部小玩意儿了；一位住在附近的俄罗斯作家高度赞赏我的风格和生动的想象力。

丽迪亚偶然会收到奥洛维乌斯的短笺——比方说，新年的祝贺啦。他总是请她向她的丈夫致以最诚挚的问候，他没能有认识她丈夫的愉悦，很可能这时他想："啊，这个寡妇这么容易被安慰。可怜的赫尔曼·卡洛维奇！"

你感受到结尾的味道了吗？我是按照经典的方法来炮制一个结尾的。书中的人物都描述了一番，可以结束故事了；在结

1　土耳其文，天命。

束故事时，他们存在的延续性要正确地，但也是最后地，加以描写，和原先描述的他们各自的生活相吻合；同时，也允许有一点儿调侃的笔调——讽喻一番人生的保守性。

丽迪亚还是像原先一样易忘，不利索……

留给结尾的最后部分，pour la bonne bouche[1]，是一件令人好笑的东西，很可能和在小说的最初部分中一闪而过的一件很不起眼的物品有关：

你仍然可以在他们卧房的墙上看到那幅彩色粉笔肖像画，和往常一样，赫尔曼每瞧它一眼，就会哈哈大笑，就会诅咒。

完。再见，老屠格涅夫！再见，达斯蒂！

梦幻，梦幻……相当陈腐的梦幻。不过，谁在意？……

让我们再回到我们的故事吧。让我们更好地控制自己吧。让我们省略掉旅程中某些细节吧。我记得当我抵达匹格南，几乎快到西班牙边境了，我做的第一件事便是找一份德国报纸；我确实找到了一些报纸，但都还没有报道这次事件。

我在一家二流的旅馆里租了一个房间，一个偌大的房间，石头地，墙像硬纸板，墙上似乎画着赭褐色的通向隔壁的门，一面穿衣镜，穿衣镜只反射一个映象。寒冷极了；也算是壁炉的那玩意儿，压根儿不供热，比舞台的布景装置好不了多少，

1　法文，把好东西留到最后。

当女仆抱来的柴片烧完了，房间似乎更冷冽了。我在那儿度过的夜晚充斥了最荒唐最让人精疲力竭的幻景；清晨，我浑身感到黏糊糊的，像针刺一样，我走进了狭窄的街道，呼吸那令人恶心的浓烈的气味，完全淹没在南方市场拥挤的人群中了，看来很清楚，我不能再待在那镇上了。

我浑身不停地打颤，脑袋发涨，前往 syndicat d'nitiative[1]，在那儿一个能说会道的人给我介绍了附近几个避暑胜地：我喜欢既舒适而又偏僻的，薄暮，当一辆公共汽车将我放在一个我选择的地址时，我感到很惊讶一切都如我想要的一样。

在栓皮槠树丛中立着一栋看上去相当不错的旅馆，与世隔绝，孤零零的，大部分的百叶窗关闭着（只有在夏季才是旺季）。从西班牙吹来的强劲的风吹拂着含羞草的绒球。在一个让人想起小教堂的楼里，一个有治疗效益的喷泉在喷着泉水，在它红色的阴暗的窗户角上挂着蛛网。

几乎没人住在那儿。那儿有一个医生，他是旅馆的灵魂和公共餐桌的主管：他坐在公共餐桌的上方，净他一个人说着话儿；一个穿着羊驼毛大衣、嘴像鹦鹉喙一样的老头儿，不断地哼唧着，当他的脚轻轻地发出啪嗒啪嗒的响声时，机灵的女佣便送上他在邻近溪里钓的鳟鱼来；一对庸俗的年轻夫妇从马达

1　法文，旅游服务处。

加斯加来到这里；一个矮小的穿细纹棉布 gorgerette[1] 的老女人，她是学校老师；一个带着一大家子的珠宝商；一个过于讲究的年轻人，开始时自称为子爵夫人，后来为伯爵夫人，最后（到我写此书的时候）为侯爵夫人——全在于医生的怂恿（他竭其所能增加旅馆的名声）。让我们也别忘了那个从巴黎来的一脸悲哀的掮客，一个享有专利的火腿肉的代理商；也别忘了那粗壮的神父，他不断地嚼舌头，唠叨附近一家修道院的美；说得更文雅一点，他会噘起他肥肥的嘴唇，像是要给情人一个吻似的。我想，这就是旅馆全部的住客。眉毛浓重的经理反背着手站在门旁，带着阴险的眼神注视着按礼节程序进行的晚餐。屋外狂风怒号。

这些新的印象对我颇有好处。菜肴很好。我的房间向阳，从窗户可以远眺有趣的景色，风狂吹着它刮倒的橄榄树的几件衬裙。在远处，在蓝湛湛的天际，呈现红紫色的宝塔糖似的山影，极像富士山。我很少到外面去：那使我害怕，我脑中的轰鸣，永远不停的撞击声，让人睁不开眼的三月的风，那要人命的山间的气流。但，不管怎么样，我第二天还是进了城去买报纸，报纸上仍然没有报道这件事，由于这种延宕让我觉得简直受不了，我决定过几天再说。

1　法文，领饰。

在公共餐桌上我虽然尽力回答所有的提问，我给人的印象恐怕还是粗鲁的，不善交际的；医生劝我在饭后到沙龙去，我没去，那沙龙既窄小又闷热，有一架变了调儿的竖式小钢琴，丝绒手扶椅和一张圆桌子，上面胡乱放满了旅游广告。医生蓄山羊须，一对水灵灵的蓝眼睛，一个圆圆的小肚子。他吃饭的样子既冷漠而又令人生厌。吃水煮荷包蛋时，他用面包皮对着蛋黄偷偷地那么一转，蛋黄便整个儿地落在面包皮上了，就着满满一口唾液，塞进了他那潮湿的粉红的嘴里。在一道荤菜后，他用他那沾满卤汁的手指从别人的盘子里将骨头都收集起来，包好，塞进他鼓鼓囊囊的大衣口袋里；他这样做，显然希望人们把他当作一个怪僻的人看待："C'st pour les pauvres chiens[1]，"他会说（现在仍然这么说），"畜牲比人要好。"——这一说法引起了（还在引起）激烈的辩论，神父变得格外激动。医生得知我是一个德国人和音乐家后，似乎相当高兴；从他望我的眼神中，我看得出来不是我的脸（我的脸正由于缺乏修刮而开始长出胡子来）引起兴趣，而是我的国籍和职业，医生从我的国籍和职业看到对旅馆声誉有利的东西。他会在楼梯上，在长长的雪白的过道上，强拉我跟他聊天，他会没完没了地饶舌，一会儿说销售火腿的经纪人怎么差劲，一会儿说神父

---

1 法文，为了可怜的狗。

不能容忍别人怎么让他感到痛心。虽然这多少让我分了一点儿心，但还是让我的神经受不了。

当夜幕降临，院子里惟一的一盏灯将树枝的影子投进我的房间，我广袤空洞的灵魂里充斥了令人乏味的可怖的困惑。哦，不，我从来没有惧怕过尸体，就像破损的摔坏的玩物不会让我感到惊骇一样。在挥之不去的回忆中，我惧怕的是我会精神崩溃，不能坚持到我必须达到的那不同凡响的、十分幸福的、一切问题都解决了的时刻；艺术家胜利的时刻；那令人骄傲的、拯救人的、祝福的时刻：我画的肖像画是一个极大的成功，抑或是一个可怜的彻底的失败？

我待在那儿的第六天，大风狂号，旅馆简直像是一只暴风雨中在海上飘摇的船：窗户乒乒乓乓地响，墙体吱吱嘎嘎；浓密的绿色树丛被刮弯向一边，树叶发出飒飒的响声，陡然间，又折回向前，鞭打着房子。我曾试图到花园里去，但不得不马上弓下身来，帽子还能被抓住真是奇迹，我只好又回到了房间里。站在窗前，在这一切的混乱和乒乓作响之中，我没有听见开饭的锣声，当我下楼去吃午饭，坐上我的座位时，已经是第三道菜了——番茄酱杂碎，口味很一般——但是医生喜欢的菜肴。开始我并没在意他们谈论什么，由医生在驾轻就熟地引导着话题，但突然间我注意到所有的人在望着我。

"Et vous[1]——你，"医生对我说，"你对这件事是什么看法？"

"什么事？"

"我们在谈论，"医生说，"一起谋杀事件，chez vous[2]，在德国。这个人简直是畜牲，"他继续说下去，希冀会有一个有趣的谈话，"保了寿险，却要了另一个人的命——"

我不知道我是怎么回事，我突然举起手，说："喂，够了，"放下手，捏紧了拳头，我往桌子砰一下砸去，桌上的银制餐巾套环跳将了起来，我大声吼道，我自己也认不得我的声音了："住嘴！住嘴！你们怎么敢这样，你们有什么权利这么说？这么侮辱人——不，我受不了！你们怎么敢侮辱——我的国家，我的人民……闭嘴！闭嘴，"我更加大声地喊道："你们！……敢于当着我的面说德国——闭嘴！"

他们全沉默不语了好长时间——自从我的拳头砸了桌子起，银制餐巾套环便开始滚动起来了。它一直滚到桌子的一端；珠宝商最小的儿子小心翼翼地抓住了它。绝对美妙的静寂。我相信甚至风也停止砰然作响了。医生拿着刀叉，凝然不动了：一只苍蝇停栖在他的前额。我感到喉咙一阵抽搐；我扔

1 法文，你。
2 法文，在你的国家。

下餐巾，走出了餐厅，每一张脸都自然而然地凝望着我离去。

我在大步走时，在大厅停也没停便随手抓了一份摊放在桌上的报纸，一回到房间便爬到床上去。我浑身颤抖，越来越厉害的抽噎让我感到窒息，愤懑使我痉挛不已；我的手指关节上不知怎么沾上了番茄酱。当我读报时，我仍然有余暇告诉自己这全是胡说八道，只是偶然的巧合而已——法国人怎么可能听说这事儿呢，但在一瞥之中，我的名字，我以前的名字映入了眼帘……

我已不很清晰地记得我从这份报纸上了解了什么；从那之后，我阅读了成堆的报纸，它们杂乱地堆积在我的心田上；它们现在躺在什么地方，我也没时间去整理它们。不过，我清晰地记得我立刻抓住了两个事实：首先，谋杀者的身份已经知道了，第二，受害者的身份不明。报道并不是一位特派记者写的，而是可能根据德国报纸的报道摘编的，有些事实报道得不仅粗枝大叶，而且非常傲慢，介于政治性争论和鹦鹉学舌之间。报道的语气使我难以形容地震惊：关于我的报道是如此地不合适，如此地不可思议，以至于有一阵我甚至想它提到的人也许和我仅仅同名而已；因为在报道一个笨蛋将整个一家子宰了的消息里用的也是这样的笔调。我猜想这可能是国际警察使用的一种策略；一种愚笨的想吓唬我的企图，让我狼狈；但是，在我还没明白这个道理时，我最初处于一种疯狂的惊骇之中，眼前净跳动着火星，总是在幻想中见到那专栏的文字——这时，突然响起了敲门声。我将报纸塞进床底下，说："请进。"

是医生。他嘴里正在咀嚼什么。

"Ecoutez[1]，"他说，几乎没有跨过门槛，"有一点儿误会。你错误地理解了我的意思。我想——"

"出去！"我吼道，"滚出去！"

他脸色顿时变了，没有关门便走了。我跳将起来，砰然猛一下子将门关上。我从床底下将报纸拖了出来，但我再也找不到我刚才读的东西了。我从头到尾找了一遍：什么也没有！我有否可能幻想读了它呢？我开始再在一页一页报纸中寻找；当一样东西掉了，无法寻找回来，也没有任何自然的规律为这种寻觅提供一种逻辑，而且一切又是简直令人难以置信地无形无踪而任意，这无疑是一场噩梦。是的，在报纸里没有任何关于我的报道。压根儿什么也没有。我一定是处于十分可怕的盲目激动的状态中，几秒钟后，我发现那是一份德文的旧报纸，而不是我刚才读的巴黎出的报纸。我又钻进床底下，把那份报纸拿出来，重读了这则措词繁琐的，甚至是诽谤性的报道。现在我明白了我为什么那么震惊——因为我觉得受到了侮辱：报道

---
1 法文，听着。

没一个字提到我们的相像性；不仅对我们的相像性没有任何评说（比方，它们至少可以这样说："是的，一种绝妙的相像性，然而什么什么标志显示那不是他的尸体。"），而且压根儿没有提相像性——这就造成一种印象，那是一个流浪汉，他的外表和我的完全不一样。他的尸体一个晚上也不可能腐烂；他的面容反而会具有一种大理石般的神色，使我们之间的相像性更为突出；即使尸体几天之后发现，让快乐的死亡之神腐蚀它，那它的各个腐烂的阶段也会和我的合拍——该死，恐怕我这么说太轻率了，但我的心情现在也顾不上去寻找文雅的字句了。这故意的对我来说最宝贵和最重要的一切的无知使我觉得是一种极端胆怯的伎俩，在事情一开始，所有的人完全知晓这不是我，根本没有人错认为那尸体是我。这么粗糙草率地讲这个故事本身似乎在显示一种我永远、永远不可能犯的疏忽；不过，总是有恶棍隐藏起嘴来，将猪样的鼻子移开，沉默着，浑身颤抖，在暗暗地乐，是的，一种复仇的快乐；是的，复仇的，在嘲笑着，真叫人受不了——

又有人来敲门了；我猛一下弹跳起来，喘着气。医生和经理出现了。"Voilà[1]?"医生用一种深深受伤的口吻对经理说，手指着我，"那儿——这位先生不仅为我从未说的话而生气，而

1　法文，那儿。

且还侮辱我，不听我的解释，非常粗鲁。请你跟他谈一谈。对这种脾气我真不习惯。"

"Il faut s'xpliquer[1]——你必须说清楚，"经理恶毒地凝视着我说，"我可以肯定那位先生——"

"滚蛋！"我吼道，蹬着脚，"你们对我做的这一切——真叫我受不了——你们敢这么侮辱我，对我报仇——我要求，听见了吗，我要求——"医生和经理两人都举起了手心，脚伸得直直的，在我周围顺时针方向昂视阔步转起圈来，嘴里嘟嘟囔囔对我说着话，越来越近地向我盛气凌人地走来；我再也受不了了，激愤已经过去，随之而来的却是想哭，突然（让想要打赢的人去打赢吧）我扑在床上，剧烈地抽泣起来。

"神经，神经问题，"医生说，神奇般地缓和了下来。

经理微微一笑，离开了房间，非常轻地关上了门。医生给我倒了一杯水，说要给我拿镇静剂来，抚摸着我的肩头；我还在抽泣，但对自己的状况非常清醒，怀着冷冷的嘲弄明白这会给我带来的羞耻，同时，我又感受到这种达斯蒂-达斯蒂的神经质的魅力，隐隐约约感受到某种对我有利的东西，我便继续捶胸顿足，当我用医生给我的带着肉味儿的偌大的肮脏的手帕擦腮帮时，他轻轻地拍拍我，安慰地喃喃地说：

---

1 法文，这得解释一下。

"只是一个误会！Moi, qui dis toujours[1]……我经常说我们受够了战争……你有你的缺陷，我们有我们的缺陷。把政治忘了吧。你根本没有理解我们说的话。我只是问你怎么看那件谋杀案的……"

"什么谋杀案？"我一面抽泣一面问。

"哦，une sale affaire[2]———一件糟透了的案子：和一个人换了衣服，杀了他。但请宽心，我的朋友，不仅在德国有谋杀，我们也有我们的兰德罗斯，感谢老天，所以，不光是你们国家有谋杀。Calmez-vous[3]，都是神经问题，当地的水对神经特别有益处——或者说得更具体一点，对胃有益处，ce qui revient au même, d'ailleurs[4]。"

他又继续拍了我一会儿，然后站起来。我把手帕还给了他，并谢谢他。

"知道吗？"当他站在门道里时，他说，"那小伯爵夫人对你着迷了。所以，你今晚应该给我们演奏钢琴。"（他用手指模仿颤音的样子）"我相信，你会让她跟你上床的。"

他实际上已经在过道上了，但突然改变了主意，走了回来。

1　法文，我经常说。

2　法文，一桩卑劣透顶的案子。

3　法文，安静下来。

4　法文，再说，这是一回事。

"在我青春嬉闹的岁月里，"他说，"我们学生想寻欢作乐，我们中最冒渎的家伙喝得特别醉，当他神志无知时，我们给他穿上牧师的黑衣法袍，将他脑袋剃上一圈，半夜去敲一个修道院的门，一个修女来开门，我们中一人对她说：'Ah, masœur, voyez dans quel tristeétats'est mis ce pauvre abbé[1]——瞧这个可怜的牧师的样子！收下他吧，在你们的房中让他从醉酒中醒过来吧。'想想看，修女们收下了他。我们笑得个半死！"医生蹲下点儿，拍拍大腿。我突然想到，天晓得，也许他说出这一切（伪装他自己……使别人以为他是另一个人）是怀着一个秘密的企图，也许有人派他来监视……我重又充满了愤懑，但一瞧他那傻乎乎因微笑而显现出来的皱纹，我便控制住了自己，假装大笑；他非常满足地挥挥手，终于，终于走开，让我一个人待着了。

尽管和拉斯柯尔尼科夫[2]奇异地相像——不，那是错误的。删去。下面该写什么呢？是的，我决定我该做的第一件事是获得尽可能多的报纸。我奔下楼去。在一级楼梯上，我遇到了肥胖的牧师，他以怜悯的眼光瞧我：从他油光光的微笑中，我可以看出医生已经将我们的和解告诉了所有人。

1　法文，啊，嬷嬷，瞧这个可怜的牧师的样子。

2　Rascalnikov，《罪与罚》的主人公。

一走进院子，我立刻被风震慑了；但我没有后退，而是急切地往大门走去，公共汽车出现了，我打手势，爬了上去，我们从坡上冲将下去，屁股后面卷起一溜疯狂飞扬的白色尘土。在城里，我买了几份德国日报，并利用这个机会到邮电局去了一次。没有我的信，同时我发现报纸上充斥了新闻，太多的新闻，唉……今天，在一整个星期的文学写作之后，我平静了下来，心中只感到一种轻蔑，但那时，报纸那种冰冷的嘲弄口气简直要让我发疯。

这是我读报后最后摘编的总的情景的描述：三月十日星期日中午，在一座森林里，一位来自科尼格斯道夫的理发师发现了一具尸体。他怎么到那座森林的，那儿甚至在夏天也少有人去，为什么他在夜里才将他的发现告诉世人，仍然是没有解答的谜。接着是那滑稽极了的我想我已经提到过的故事：那辆我故意停在森林边的汽车不见了。地上一系列印着 T 字形的车辙表明了车牌，而科尼格斯道夫具有惊人记忆力的居民记得看见过一辆蓝色的小型号的钢丝网轮胎的伊卡勒斯，我家附近修车场里那些聪明而可爱的人还加上了有关车的马力和汽缸的信息，他们不仅知道汽车的牌号，而且还知道制造发动机和底盘的厂家。

一般人认为，就在那一刻，我仍然在什么地方开着伊卡勒斯——这当然是相当可笑的了。现在，在我看来，很明显有人从公路上看见了我的车，没有费多大事儿就私占了它，匆匆忙忙中也没有去注意躺在附近的尸体。

与此相反，那注意到尸体的理发师却说附近压根儿没有什么汽车。他是一个可疑的人，那家伙！警察抓他似乎是世界上最自然不过的事了；人们为了小得多的事情而受到斩首的惩罚，但你可以放心这类事儿没有发生，人们根本就没有去怀疑他可能是谋杀者；没有，他们马上毫无保留地、以冷酷无情的果断就说是我了，仿佛他们快乐地急切地要判我的罪，仿佛那是一种复仇，仿佛我早就得罪了他们，他们早就急于想惩罚我了。他们不仅奇怪地、草率地、想当然地判断死者不可能是我；他们不仅看不到我们的相像性，而且，他们预先就排除了这种可能性（因为人们不愿看见他们讨厌看见的东西），警方感到十分惊讶，并且作出了一个出色的逻辑推理：我竟然给一个跟我毫不相像的人穿上我的衣服来欺瞒世人。这种推理的愚蠢性和悍然的不公正性真是可笑得很。他们下一步便是推测我可能心理上弱智；甚至于推想我可能是疯子，有几个认识我的人肯定了这一推想——其中就有那笨蛋奥洛维乌斯（我纳闷其他人是谁呢），他的证词就说我经常给自己写信（真想不到）。

警察感到绝对迷惑不解的是受害者（报界特别喜欢用"受

害者"这个词）怎么会穿上我的衣服，或者说得更完美一点，我是怎么强迫一个活人不仅穿上我的西服，而且穿上我的袜子和鞋，那鞋对他来说太小了，理应感到很疼的——（嗯，关于给他穿鞋，我可以在事后给他穿上，聪明的家伙！）

他们认为这不是我的尸体的做法跟一位文学评论家的做法一样，他一见一本书的作者不是他所喜欢的，他就下结论这本书没有价值，于是，就在这最初的假设下构筑他想构筑的评论。他们面对菲利克斯跟我酷似的奇迹，却只注意那些细小的相当无关紧要的缺陷，如果人们抱着一种更为深刻的、更为专业的态度来评论我的杰作，就会忽略这些瑕疵，就像一本描写美丽的书是不会因为一个错排或写作时的疏漏而受损一样。他们提到手的粗糙，甚至找到具有巨大意义的老茧，注意到所有四肢的指甲修剪得干干净净；有人——就我所信而言，此人就是那发现尸体的理发师——请侦探注意，指甲是由一位非常职业的专家修剪的，这对一个专业人员（太可爱了）来说是重要的细节——这应该归咎于他，而不是我！

虽然我竭力想了解丽迪亚在审问时的态度，但还是不能。由于没有人怀疑被谋杀者不是我，她当然成为牵连的对象：这肯定是她的错——她应该懂得既然现在保险赔偿金早已成泡影，用寡妇的眼泪和号哭来顶撞已无济于事。从长远来说，她会精神崩溃的，她永不会对我的无辜产生疑问，总是想拯救我的脑袋，会说出我弟弟的悲剧性故事的；但这也没有用处，因为很容易就可以查出我从来就没有什么弟弟；而那关于自杀的说法，得，不可能想象官方会相信那扳机牵线技巧的细节。

对于我安全目前最具重要意义的是被谋杀者的身份不明，也不可能知晓。同时，我一直以他的名义在生活，我到处留下了踪迹，所以，一旦发现我——用一下公认的一个名词——将谁的脑袋打开了花，我可能很快便会被追查出来。但要发现也很难，一切都对我够合适的了，我太困顿了，不想再重新筹划一次，再重新行动一次。事实上，我已经以极大的技巧将这一名字变成了我的，他们怎么可能将它从我这儿剥夺去呢？我看上去就像我的名字，先生们，它适合我就像它曾经适合他一样。你们要是再不理解，就是傻瓜了。

至于汽车，它迟早会被发现的——那也帮不了他们多少忙；因为我本来就打算让人们发现它的。多好笑！他们以为我乖乖地坐在驾驶盘前，但事实上，他们将发现一个非常普通、受到极大惊吓的贼。

我还没有提到不负责任的粗制滥造的作家、炮制侦探小说的行家和开鲜血淋漓的诊所的歹徒般的江湖医生认为有必要赏给我的那些恐怖的形容词；我也不会去记述精神分析的那号人的正儿八经的争论，这只有写捧场文章的作家才会感兴趣。所有这些胡说八道在一开始就让我感到生气，特别是将我和这个或那个吸血鬼白痴联系在一起，他们曾经帮助提高了书的销售量。比方说，有一个家伙自作聪明地将受害者的脚锯掉一些，因为尸体的长度超过了车主的高度，他最终把汽车连同受害者一起烧了。让他们见鬼去吧！我和他们没有任何相同的地方。另一点让我气极了的是报纸登载了我的护照照片（在这照片中，我真的看上去像一个犯罪分子，跟我压根儿不像，他们如此阴险地将照片修饰了），而不是其他的一张什么照片，比方说，某张我在专心地读一本书的照片——照片是牛奶巧克力色彩的，相当昂贵；还是同一个摄影家，他拍了我另一个姿势的照片，手指放在脑门上，严峻的眼睛从微皱着的眉宇下往上瞧着你：这是德国小说家喜欢采用的姿势。真的，他们本有许多选择的。有许多很好的快照——譬如说，那张拍我在阿德利安地皮上穿着游泳裤的快照。

哦，顺便说一句——几乎忘了这事儿了，警察在仔细调查过程中，察看了每一丛树丛，甚至于挖土搜查，什么也没有发现；什么也没有，除了一件明显的东西，那就是：一只酒瓶——盛放家酿的伏特加酒的酒瓶。酒瓶自六月一直躺在那儿了：据我记得，我曾经描写过丽迪亚怎么将酒瓶藏起来……真遗憾，我没有也在哪儿埋藏一把俄国巴拉拉伊卡三弦琴，这样可以让他们在碰杯痛饮，在吟唱"Pazhaláy zhemen-áh, dara-gúy-ah……"（"请怜悯我吧，亲爱的……"）时去想象一场斯拉夫式的谋杀。

但，够了，够了。所有这一切的混乱都是由于人的惰性、顽固和偏见，不能在与我酷似的人的尸体上认出我来。怀着酸楚与轻蔑的心情，我接受这赤裸裸、未被承认的事实（难道对事实的把握不会由此而受损吗?），但我坚信与我酷似的人是无懈可击的。我没有任何可自责的。我的批评者们在事后将错误——虚假的错误——强加在我的头上，贸然而毫无根据地得出结论，我的想法是十分错误的，并由此而找出细微的漏洞来，其实我自己对这些漏洞早就意识到了，它们对一个艺术家的总的成就是无伤大雅的。我认为，在筹划和执行整个计划的过程中，已经达到技巧潜力的极限了；从某种意义上说，它完美的结局是定然的；一切都会不以我的意志为转移，而以创造性的本能圆满地完成。正是为了取得认可，拯救我的思想的产物，给它以合法的地位，向全世界解释我的杰作的深刻性，我创作了这个故事。

在细读了最后一张报纸，对一切都有所了解，揉皱并扔掉了它后，我心里充满了一种热烈的冲动，一种紧迫的愿望，去采取一些只有我才能欣赏的步骤；这时，也只是在这种心境下，我坐到桌前，开始写作。假如我对我的文学才能毫无把握，对出色的文学技巧毫无所知——那么起先就是一场如同爬山的艰苦劳作。我喘息，打住，又继续写下去。我的苦功让我精疲力竭，但给我一种奇异的快乐。是的，一种激烈的补赎，一种非人道的中世纪式的清洗；但它证明是有效的。

自从我开始的那一天已经过去一整个星期了；我的工作快接近尾声了。我很平静。旅馆里每一个人都对我非常友善；友善的甜蜜。眼下，我在一个靠近窗户的小桌子上单独用膳。医生赞赏我与别人的分离，他在不顾我能听见的情况下对人们解释说，一个神经质的人需要安静，按一般的规律，音乐家总是神经质的人。在用餐时，他经常从公共餐桌的一端越过整个房间跟我说话，推荐一样菜肴，或者开玩笑地问我是否愿意就今天和大伙儿在一起吃饭，而他们都以非常友善的眼神望着我。

但我是多么疲倦，多么困顿。一天接着一天，比方说就前天吧——除了两次短暂的间断之外，我一口气写了十九个小时；难道你以为我在那以后就睡觉吗？不，我不能睡着，我整个身子绷得紧紧的，快要折断了，仿佛我被压在轮子底下一样。现在，当我快要写完我的故事，并没有什么东西可加的时候，要与这些旧稿纸分手却是极大的痛苦；但我必须与它们分手；在重新审读一遍，修改了之后，我将稿件封进信封，勇敢地寄走了，我想，我随后必须旅行到非洲去，到亚洲去——到哪儿都无所谓——虽然我并不想动，我多么希冀安静。让读者去想象一个生活在别人名下的人的处境吧，这并不是因为他不能获得另一本护照——

我去到一个海拔高一点儿的地方：灾难迫使我变换住处。

我曾经筹划一共写十章——我错了！很奇怪，我记得我多么坚定地、平静地、不顾一切地在第十章将故事结束；但我没有做好——凑巧把最后一段在写到一个跟"喘息"这个词押韵的音节时中断了[1]。女佣匆匆忙忙地跑进来打扫房间，没什么事儿可做，我便下楼到花园去；在花园里，一种天意的温柔的宁静包围着我。开始我对这种宁静还不太在意，我打了个冷颤，陡然间明白了最近肆虐的狂风暴雨安静下来了。

空气是绝妙的，到处飞扬着丝一般的柳絮；甚至常绿的树叶的绿意也想让人看上去焕然一新；半裸的像运动员断头缺肢的雕像一般的栓皮槠闪烁着一种深深的红意。

我漫步在主干道上；在我的右边，幽暗斜坡上的葡萄园里，仍然裸露的新枝以一律相同的方式立在那儿，瞧上去就像匍匐的或弯曲的墓园十字架。眼下，我坐在草地上，越过葡萄园望着金色的覆盖着荆豆的一个小山包，小山包的大部分被茂密的橡树叶遮掩，只露出山顶，望着那深蓝、深蓝的天空，我怀着一种销魂的温柔（也许我的灵魂虽然自惭形秽但本质的特点是温柔）想到一个新的简单的生活开始了，将痛苦的幻想的重负抛在了身后。远处，从旅馆的方向驶来一辆公共汽车，我决定最后让自己快乐一番再读一次柏林报纸。我假装打盹儿（继而假装在梦中微笑），因为我注意到在乘客中有那位销售火腿的掮客；我很快自然而然地睡着了。

在城里得到了我所想要的东西，我只在回到房间后才打开报纸，我怀着一副很好的心情咯咯笑了一下，便坐下开始阅读。我马上哈哈大笑起来：车找到了。

对它的消失是这样解释的：三月十日上午，有三个哥们沿着公路走——一个失业的机械师、我们已经认识了的理发师、理发师的弟弟，一个没有固定职业的青年——发现在森林的边缘闪烁着一辆汽车散热器的光，便情不自禁地走了过去。理发师是一个沉着踏实、遵纪守法的人，他说他们应该等车主来，如果车主不来，就将车开到科尼格斯道夫警察局去，但他的喜欢逗乐的弟弟和机械师却提出了另一个主张。理发师反驳道，他绝不同意那样做；他走进了森林，东看看西找找。他很快就看见了那尸体。他赶快回来，喊叫他的伙伴，但他惊诧地发

---

1 前一章的最后一个词"护照"（passport）没有写完，只写了 passp 五个字母，于是就跟"喘息"（gasp）押韵。

现他们两人以及汽车都不见了。他在周围走了一会儿，心想他们也许会回来。他们没有回来。临近薄暮时，他下决心将他的"可怕的发现"告诉警察局，但作为一个有爱心的哥哥，他没提汽车的事儿。

据透露，这两个无赖很快便把我的伊卡勒斯搞坏了，将车藏了起来，想就此隐瞒过去，后来又后悔，便自首了。报道说："在车中有一件物品可以确定被谋杀者的身份。"

起先，我眼睛一溜，读成"谋杀者的身份"，不禁一乐，难道不是在事情发生的最初的当儿便知道我是车的主人吗？但继续读下去便不这么想了。

这句话让我感到不安。有点儿愚蠢的混乱。当然啦，我告诉自己要么那是一件新的发现，要么是一件比可笑的伏特加酒重要不了多少的东西。但它仍然使我忧虑——有好一阵我在心中仔细检查了牵涉到这件事的所有物件（我甚至于还记得他用作手帕的破布和他的令人恶心的木梳），由于在那时我的行动非常精确，我毫无困难地重复回忆一遍，我感到很满意一切都有序而不紊。这就是所要证明的。

但无济于事：我没有安宁……是结束最后一章的时候了，我停止了写作，却走到了外面，漫步到很晚才回来，我疲倦极了，尽管心乱如麻，但睡意很快征服了我。在我的梦中，在一场漫长的寻索之后（幕后——没有在我梦中表现出来），我终于找到了丽迪亚，她一直在躲着我，现在终于冷静地宣布，一切进行得非常顺利，她已经获得了遗产，将嫁给另一个男人，"因为，你瞧，"她说，"你死了。"我醒来气愤极了，我的心激烈地跳动：被骗了！没有办法！——一个死人怎么能告一个活人呢——是的，没有办法——她了解这一点！我清醒过来，哈哈大笑——骗子的梦有什么可信的。刹那间，我觉得有些事情真是非常讨嫌的，而这些讨嫌的事情任怎么笑一下是排遣不了的，并不与我的梦有什么关系——真正有关系的是昨日那新闻的神秘性：在汽车中发现的物件……我想，那当真既不是一个狡猾的圈套，也不是一场空发现吗；当真已经证明了寻找被谋杀者的姓名是可能的吗，那姓名当真是对的吗。不，有太多的假设了；我想起昨日小心翼翼的试验，我回顾各种各样物件所走过的曲线，优雅而规则，如同行星的路径一般——我都可以用点画出它们的轨迹来！但，不管怎么样，我的心仍然不宁。

为了寻觅一种摆脱这些令人无法容忍的预感的方法，我将手稿收拢起来，放在手心上感觉它的分量，甚至还哼哼滑稽的"嗨，嗨！"我决定在写最后的两三句之前，从头到尾读一遍。

我感到这将会是一个巨大的快乐。我穿着睡衣，站在写字桌附近，翻动书写潦草的稿纸，发出一阵阵的窸窸窣窣响声，这可真有意思。做完了这个，我再一次爬上了床；将枕头服服帖帖地放在肩胛骨下面；我注意到手稿仍然躺在桌上，虽然我早就发誓要将它一直掌握在我的手中。我静静地起床，嘴里也没有咒骂任何人，将手稿拿着回到床上，重新竖起了枕头，瞧着门，我询问自己门锁了没有（我不喜欢九点钟女佣拿着早餐进来时，我还要起床给她开门，打扰我的阅读）；我又起床——再一次非常安静地起床；很高兴门没锁，这样我就不用操心了，清了清喉咙，回到乱七八糟的床上，舒舒服服地躺在那儿，正准备阅读时，我的香烟灭了。和德国牌香烟不同，法国烟需要人不时地照看着它。火柴到哪儿去了？我刚才还拿着它们呢！我第三次起床，手有点儿颤抖；在墨水瓶后面找到了火柴——但是，一回到床上，另一盒掉在被服里的火柴在我的大腿下被压碎了，这意味着我本来不用劳驾起床了。我发火了：将散落在地板上的手稿收集拢来，我刚才阅读前所有自满自足的感觉演变成了一种痛苦——一种可怕的忧虑，仿佛一个罪恶的小淘气要揭露我越来越多的错误，除了错误之外没别的。我又点燃了烟，将那只不听话的枕头弄驯顺了，我能开始阅读手稿了。使我惊讶的是第一页上没有书名：我肯定想出了个书名的，好像是一个什么人的回忆，一个什么人，我记不得了；不过，不管怎么样，回忆录之类标题似乎太沉闷，太普通了。我应该怎么给我的书起名呢？《双重人格》[1]？俄国文学中已经有这么一个书名了。《罪恶与双关语》[2]？不错——虽然有那么点儿粗俗。《镜子》？《一个镜子里的艺术家的肖像》？太枯燥了，太à la mode[3]了……《酷似》怎么样？《无法辨认的酷似》？《酷似的释罪》？不——干巴巴的，带有一种哲学的意味。从《只有瞎子才不会谋杀》中摘出几行？太长了。也许：《对批评家的回答》？或者《诗人与贱民》？得好好想一想……我对自己大声说，首先让我读一读这本书，书名会自然而然地出来的。

我开始阅读——我立刻发现我在纳闷究竟是在阅读书写的文字呢，还是在看到幻觉。还有：我的变形的记忆，打个比方说，吸进了双倍的氧气；因为我的玻璃窗刚擦拭过，我的房间更亮了；我过往的经历更加生动，因为艺术照耀了它两次；我重又在布拉格附近爬山——聆听在天空中翱翔的云雀，瞧见煤气站红色的圆顶；我又一次站在那沉睡的流浪汉身边，被那强烈的感情所攫住，他又一次伸直了胳膊，伸直了腿，打起哈欠来，又见到那别在纽扣上的枯萎的小紫罗兰，紫罗兰的花朵耷

1　*The Double*，陀思妥耶夫斯基一八四六年的作品。

2　原文是 Crime and Pun，与《罪与罚》（*Crime and Punishment*）相近。

3　法文，时髦。

拉下来。我继续阅读，他们依次出现了：我的玫瑰花一样美丽的妻子，阿德利安，奥洛维乌斯；他们都活灵活现，从某种意义上说，他们的生命捏在我的手中。我又一次瞧见了那黄色的路标，走过森林，心中已经在策划阴谋；我的妻子和我又一次在一个秋日，注视着一片树叶坠落，去与自己的影子会面；我温柔地沉沦到一座充斥奇怪的雷同的建筑的萨克森小镇，与我酷似的人在那儿轻轻地起身迎接我。我重又蛊惑他，将他置于我的陷阱之中，但他溜走了，我假装放弃我的计划，然而故事却赋有了一种先前无法预知的力量，要求作者将故事写下去，有一个结尾。在三月的一个下午，我重又做梦般地驾上一辆车行驶在公路上，在杆儿附近的一条水沟里，他等着我。

"上车，快，我们必须开车离开这儿。"

"到哪儿去？"

"到林子里去。"

"那儿？"他问，指着——

他手中拿着一个手杖，读者，手杖。手——杖，有教养的读者。一根粗糙地削打出来的手杖，上面刻着主人的姓名：菲利克斯·瓦尔法赫特，茨维考。他用手杖指着，有教养的或者卑下的读者，他用手杖指着！你知道手杖是什么吧，是不是？嗯，那就是他用来指认东西的物件——一根手杖——坐进了车，离开车时他自然把手杖留在了那儿——因为车暂时是他的了。事实上，我注意到了那"安详的满足感"。一个艺术家的回忆——多么奇怪的一件事！我想象，艺术家的回忆将一切都征服了。"那儿？"——他问，用他的手杖指着。在我的一生中我从没有像这样惊骇过。

我坐在床上，睁大了眼睛瞧着手稿，瞧着那行我写的字——对不起，不是我写的——而是我的独一无二的朋友——记忆——写的；我真切地看到一旦书写出来以后，它是如此地不可挽回。并不是他们发现了他的手杖，由此而了解我们共同的名字，将不可避免地导致我的逮捕——哦，不，不是那个使我烦恼——而是一想到我的整个的杰作，我如此仔细地筹划、算计的杰作，就这么因为我的错误从它的内部被摧毁了，变成了一小堆腐土，使我烦恼。听着，听着！即使他们把他的尸体看作了我的，他们也会发现那手杖，然后逮捕我，并且以为他们抓住的是他——这真是最大的耻辱！我的整个计划是建筑在不可能犯错误的基础上的，而现在看来有漏洞了——最严重的、最滑稽的、最陈腐的漏洞。听着，听着！我俯身在我的杰作的遗体之上，一个可恶的声音在我的耳中尖叫，说那些拒绝承认我的贱民也许是对的……是的，我陷入了怀疑一切的境地，怀疑最根本的东西，我明白此后剩下的短暂的余生将在与这种怀疑作斗争的过程中度过；我像一个死刑犯那么微笑一下，一支粗钝的铅笔，发出吱吱的痛苦的声音，迅速而大胆地在我的作品的扉页上写上《绝望》；没有必要再去寻觅一个更好的书名了。

女佣给我送来咖啡，我喝了咖啡，但没有碰烤面包片。我匆匆忙忙穿了衣服，打好包，拎着就下楼了。非常幸运，医生没有看见我。经理对我的突然离去感到惊讶，让我付了好贵的房租；但那对我来说已经无关紧要了：我出走仅仅是出于礼节上的需要。我遵循的是一种传统。顺便说一句，我有理由认为法国警察已经在跟踪追捕我了。

在去城里的路上，我从公共汽车上看见两个警察开着一辆快车，那车雪白的，就像粉翅蛾的背；他们从对面急驶过来，然后扬起一团尘土飞驶而去；我说不好他们是否是来抓我的——也许他们压根儿就不是警察——不，我说不好——他们开得太快了。到达匹格南之后，我到邮电局去，我现在很遗憾我那次到邮电局去了，如果我不去，不拿那封信的话，我便什么事儿也没有了。同一天，我在一本华丽的小册子中随意挑选了一个地方，深夜到达了这里，到达了这个山村。至于那信……继而一想，我还是将它抄写在这儿吧，它是揭示人的阴险的一个绝好的例子。

"你明白吗，我的好先生，我在此给你写信有三个理由：（一）她请我这样做的；（二）我一定要告诉你我对你的看法；（三）我真诚地希望你去执法机关自首，这样可以将那血淋淋的、一团乱麻的、令人生厌的神秘事件弄个水落石出，当然，她，一个无辜的被惊吓得要死的女人，为此遭受了极大的痛苦。我要警告你：我相当怀疑你不厌其烦地告诉她的那些阴暗的陀思妥耶夫斯基式的玩意儿。说得温和点儿，我敢说，所有的这一切都是该死的谎言。从你玩弄她的感情来看，这也是一个该死的胆小鬼的谎言。

"她请我写这封信，因为她想你也许什么也不知道；她已经失去了理智，不断地说要是有人给你写信，你会烦恼的。我倒很想看看你烦恼：这一切真是太滑稽了。

"……事情就那么摆着！把一个人杀了，给他穿上你的衣服是不够的。在这儿需要另一个细节，那就是：两人之间的相像性；但在整个世界，不管你怎么伪装，没有，也不可能有两个完全相像的人。是的，像这样微妙的问题从来就没有讨论过，警察对她说的第一件事是他们发现了一个死人，身上带着她丈夫的证件，但那不是她的丈夫。最可怕的是：由于这小人儿受到一个肮脏的卑鄙下流的人的训练，甚至于在看到尸体之前就一个劲儿说（甚至于在看到尸体之前——明白吗？），就一口咬定这是她丈夫的尸体，而不是任何其他人的尸体。我真不明白你到底怎么给一个其实对你来说过去是、现在还是一个陌生人的女人灌输这样神圣的恐惧感的。要达到这一点，人必须像一个魔鬼一样地与众不同。天知道一个怎样可怕的考验在等待着她！其实事情不应该这样。你的责任就是将她从这阴影中解救出来。啊，这案件对所有的人是那么一清二楚！我的老兄，这种有关寿险的小小的技巧多年来人们早就知晓了。我应该说你的技巧是最简单、最平庸的。

"下面讲另一点：我怎么看你的。最早消息传来时我正在一个小镇上，因为与几位艺术家同行会面，我羁留在那儿了。你瞧，我从来没有到过像意大利那么远的地方——感谢上帝，我从来没有。嗯，当我读了那新闻，你知道我怎么感觉？没有任何惊诧！我一直知道你是一个黑心肠，一个欺负弱者的人，请相信我，在审问时我没有隐瞒所有我看到的情况。我详细地描述了你是怎么对待她的——你的嘲弄和讥讽，傲慢的轻蔑，残酷的唠叨不休，当你在场时，我们感到的那种叫人压抑、令人不寒而栗的气氛。你酷如一头多毛的、有讨人嫌的獠牙的大公野猪——真遗憾，你没有将一只烧烤野猪塞进你的外套里。我还有其他的一些话儿要吐露出来：不管我是一个什么样的人——一个意志薄弱的酒鬼也好，或者一个随时准备为了艺术出卖他的荣誉的人也好——让我告诉你，我因为接受了你扔给我的一点点好处而感到羞耻，我很高兴我将把我的羞耻告诉国外的人们，在街道上呐喊——如果那能使我摆脱心灵重负的话。

"明白了吗，你这头公野猪！这种情况是不可能持久的。我希冀你灭亡，并不是由于你是一个谋杀者，而是由于你是一个最卑鄙的恶棍，利用一个易轻信的年轻女人的无辜来为你卑劣的目的服务，这个女人，在你那私人经营的地狱里生活了十年，被你蛊惑，被你摧残殆尽。如果在你的一片黑暗的灵魂里还有一线裂缝的话：去自首吧！"

我应该不去管这封信，不作任何评论。读过前面章节的有公正心的读者一定不会不注意到我温和的语气，我对阿德利安的仁慈；这就是这家伙对我的报答。随它去吧，随它去吧……最好想一想他是在酩酊大醉时写的这封信——否则信写得太离谱了，离事实太远了，充斥了太多诽谤性的断言，其荒唐性，专心阅读的读者是不难发现的。称我的快乐的、心中空空如也的、并不很聪明的丽迪亚为"一个被吓昏了头的女人"，或者——另一个说法是什么来着？——"摧残殆尽"；暗示她和我之间的麻烦事儿，几乎要来打我的耳光；真的，真的，那有点儿太过分了——我不知道用什么语言来形容它。根本没有这样的词。写信的人将所有的词汇都用尽了——当然，这是从另一个意义上说。正因为我最近快乐地假设我已经越过了痛苦、伤害、忧虑的极限，所以，当我现在读这封信的时候，我陷入了可怕的境地，我的整个身子抽搐起来，周围的东西都在旋转：桌子啦，桌上的平底玻璃酒杯啦，甚至我新房间角落里的捕鼠器啦。

陡然间，我拍打一下我的眉头，哈哈大笑起来。这一切多么简单！我对自己说，这封信所包含的神秘的狂怒就这么简单地给消解了。那是一个认为自己有权利拥有的人的狂怒！我将阿德利安的名字作为行动的密码，并在他的地产上行使谋杀，他当然是不会宽恕我的。他错了；他早就破产了；谁也不知道这片土地真正属于谁——而且……啊，够了，够了，我的愚蠢的阿德利安！在他的肖像画上涂上了最后一抹颜色。在最后点了彩之后，我在画的角上签了名字。这总比那色彩糟透了的、这小丑按我的脸画的死亡面具要好得多。够了！一种惟妙惟肖的相像性，先生们。

但……他怎么敢？……哦，见鬼去吧，见鬼去吧，一切都见鬼去吧！

三月三十一日，夜

啊，我的故事变成了日记。也没有办法；我现在已经习惯于写作了，已经无法抗拒了。我承认日记是文学的最低级的形式。文学的鉴赏者会欣赏那可爱的、羞答答的、赋有虚假含意的"夜"（意思是说，读者自己去想象那种种无法安睡的文学人，这么苍白，这么吸引人）。但事实上现在正是在夜里。

我在其间受折磨的小村庄位于两座陡峭的山之间的峡谷里。我从一个阴郁的老女人那儿租了一间偌大的类似谷仓的房间，这老女人在楼下开了一爿杂货铺。这村子就一条街。我可以不厌其烦地描绘这地方的魅力，比方说描写云朵怎么飘进屋子，又从对面的窗户飘了出去——但描述这些玩意儿太沉闷了。使我感到快乐的是我是这儿惟一的一个旅行者；我又是一个外国人，村民们嗅出我是从德国来的（哦，嗯，我想是我自己告诉女房东的），我在村民中引起不同寻常的好奇心。自从几个季节前电影公司来这儿拍《走私者》电影中童星的镜头，村子里还没有这么激动过。我肯定应该将自己藏起来，而不是将自己暴露于公众广庭之中；如果要找一个更亮的聚光灯的话，这儿就是最好的地方。但我现在困顿得要死；越快结束越好。

今天，我非常适时地认识了当地的一名警察——那是一个非常可笑的人！请想象一下一个有点儿肥胖的粉红色脸蛋的人，膝内翻，蓄一绺黑色的唇髭。我坐在街端的一条长凳上，村民们在我的周围忙碌着；或者说得更文雅一些：假装忙碌着；事实上不管他们碰巧处于什么样的姿势，他们一直都以极大的好奇心在注视我——他们利用每一个可能的视线，侧过头来，透过腋下，或者在膝盖下注视我；这一切我看得很清楚。警察漠然地向我走来；讲起雨天；然后聊起政治和艺术来。他甚至指给我看一个油漆成黄色的像绞刑架的东西，那是周围景色中惟一剩下的东西，一个走私者差一点儿在那儿给吊死。他旁敲侧击地给我说起已经死亡的可怜的菲利克斯：那一切审慎的计划，那靠自我奋斗而出人头地的人的天生的智慧。我问他这里最近的一次逮捕是在什么时候。他思索了一会儿，回答是六年以前，他们逮捕了一个西班牙人，在一次吵架中，他挥舞大刀乱砍，后来逃到山里去了。不久，我的询问者觉得有必要告诉我，在这些山里有熊，那是人们将它们放逐进去的，为了驱赶当地的狼群，这在我听来非常滑稽。但他没有笑；他站在那儿，垂头丧气地用右手去捻弄唇髭的左边尖儿，进而讨论现代教育："就拿我作例子吧，"他说。"我懂地理，算术，战争科学；我写的字很漂亮……""你拉小提琴吗？"我问。他悲哀地摇摇头。

眼下，我在冰冷的房间里冻得发抖；诅咒着狗叫；每分钟都在期盼听见屋角的捕鼠器啪地扣压下来，将一只不知名的老鼠的脑袋宰掉；机械地呷饮着美人樱茶，房东太太认为给我端来是她的责任，觉得我瞧上去憔悴不堪，担心也许等不到审判我就会死去；我说哪，眼下我正坐着，在这张划线的纸上写作——在村里，也找不到其他的纸——然后思索，又斜瞧一眼屋角的捕鼠器。感谢上帝，屋里没有镜子，除了我正在感谢的上帝之外什么也没有。周围是黑暗的、可怖的，我觉得我没有任何特殊的理由再在这黑暗的徒然制造出来的世界里苦挨日子。我并不是想自杀：那太不经济了——因为几乎在每个国家都是国家支付钱给一个处决别人的人的。然后，还有那空空如也的永恒的空洞的哼唧。也许最有趣的事情是有可能一切不会就此结束，也就是说，他们不会处决我，而是判我苦力劳动一个时期；那样的话，在牢狱里待上五年左右，逢上个大赦，我便可能回到柏林，重操巧克力生意。我不知道为什么——但这听起来非常滑稽可笑。

　　让我假设，我杀了一头猿。没有人会碰我。假设那是一头极其聪明的猿。没有人会碰我。假设那是一种新的猿类——一种没毛的、会说话的猿。没有人会碰我。如果我如此谨慎小心地沿着这些微妙的阶梯往上爬，我有可能爬到莱布尼茨或者莎士比亚那儿，并杀了他们，没有人会碰我，因为很难说在什么地方越了界，一越过这界线诡辩者则会遇到麻烦。

狗在吼叫；我感到冷。那致命的无法解脱的痛苦……用他的手杖指着。手杖。从"手杖"可以演变出什么词来？生病，滴答，小猫，它，是，滑雪，幽默故事，坐。[1]令人讨厌的寒冷。狗在嘶嚎：一只狗开始吠叫，别的狗便跟着吠叫起来。下雨了。这儿的电灯是暗淡的，昏黄色的。我到底干了什么？

四月一日

我的故事变成枯燥的日记的危险被可喜地排除了。那滑稽的警察刚才还在这儿：一副正儿八经的样子，腰间挂着刺刀；他没直瞧我的眼睛，毕恭毕敬地问我要看我的证件。我回答说完全可以，哪一天我会顺便到警察局来填写表格的，但，眼下，我不愿起床。他坚持要看，非常彬彬有礼，一个劲儿抱歉……他必须看。我起了床，把我的护照给他看了。当他走的时候，在门道里又折回，请（他总用那种彬彬有礼的口吻说话）我待在屋里，不要出去。不至于吧！

1　英语中这些词分别是 sick，tick，kit, it, is, ski, skit, sit, 与"手杖"（stick）的读音相近。

我偷偷地走到窗边，小心翼翼地拉开窗帘。街上站满了惊讶的人群；我敢说足有一百个人，目瞪口呆地望着我的窗户。法国梧桐浓密的树阴遮蔽着一辆蒙满尘土的警车，警车里坐着一个警察，警车小心地待在那儿。我认识的那警察正在扒开人群，慢慢地走着。最好别瞧。

　　也许这整个儿是一个虚假的存在，一场噩梦而已；我马上就要在哪儿醒了；在布拉格的一片草地上。这至少是一件好事，他们如此神速地将我困住。

　　我又往外偷偷地瞅。站着，瞧着。足有几百人——穿蓝色衣服的男人，穿黑色衣服的女人，兜售糖果杂志的小男孩，卖花姑娘，一个牧师，两个修女，士兵，木匠，釉工，邮差，职员，店主……但绝对静寂；只听见他们呼吸的声音。把窗户打开，作一个小小的演讲怎么样……

　　"法国人！这仅仅是一场演练而已。挡住这些警察。一位著名的电影演员马上就会从这楼里冲出来。他是一个主犯，他必须逃亡。请你们别让他们逮住他。这是整个情节中的一个情节。法国的群众！我希望你们能为他从门口到汽车之间留出一条道儿来。把那车里的驾驶员赶走！启动汽车！挡住那些警察，把他们击倒，坐在他们身上——我们会为此付钱的。这是一家德国公司，所以请原谅我的法语。Les preneurs de vues[1]，我的技师和武装顾问已经在你们中间。Attention[2]！我想要干脆利落地逃亡。就是这样。谢谢你们。我现在就出来了。"

---

1 法文，目击者。
2 法文，请注意。